p. 39/40 les galets d' "OMAHA"
42/43 d°

DÉBARQUER

DU MÊME AUTEUR

LE BAISER DANS LA NUQUE, Belfond, 2005 ; Pocket, 2007.

LA DÉLÉGATION NORVÉGIENNE, Belfond, 2007 ; Pocket, 2009.

JE N'AI PAS DANSÉ DEPUIS LONGTEMPS, Belfond, 2010 ; Pocket, 2011.

TROIS GRANDS FAUVES, Belfond, 2013 ; Pocket, 2015.

POLICE, Grasset, 2016 ; Pocket, 2017.

LE COURAGE DES AUTRES, Grasset, 2020 ; Pocket, 2021.

HUGO BORIS

DÉBARQUER

roman

BERNARD GRASSET
PARIS

ISBN 978-2-246-82833-4

À Élisabeth et Olivier

La main d'Andrew Calkins glisse vers sa cuisse dans un mouvement réflexe. Imprégné d'huile contre les gaz de combat, son caleçon est poisseux. La sensation d'humidité l'a réveillé. Les moteurs de l'USS *Charles Carroll* tournent encore, il les sent vibrer dans les montants de la couchette. Le navire-porteur n'a pas encore atteint sa zone d'ancrage. Pour respecter l'alternance du jour et de la nuit, les hommes de sa compagnie se sont allongés, mais il y a déjà beaucoup d'allées et venues dans la travée, plusieurs rectifient leurs guêtres, les délacent nerveusement, détachent la sangle, recommencent aussitôt. À force de remuer la laine, ils ont réactivé l'odeur des substances chimiques. Ils ont l'air d'enfants-soldats, pense Andrew dans les brumes du réveil, de garçons pas finis, comme lui, le teint acnéique, surpris par la guerre en pleine adolescence, jetés là par erreur pendant qu'ils rangeaient les foins ou garaient la voiture. Il se laisse glisser par terre, passe ses chaussures sans les nouer, endosse son blouson de tankiste. Il progresse le long de l'allée en se tenant aux chaînes des bannettes superposées, passe de trois quarts entre les fusils ensachés dans leurs capotes à éléphant, les musettes et les gilets suspendus aux têtes de lit. Un œil en direction de la couche vide de Garnett, son barreur. Il a dû quitter le poste d'équipage pour prendre l'air.

Andrew grimpe l'escalier, sort dans la coursive, le visage aussitôt figé par le froid. Il distingue sur l'eau la masse sombre des navires d'escorte, tous feux éteints. Garnett est accoudé au bastingage, plus loin, sur le pont. Plusieurs soldats sont sortis fumer, incapables de trouver le sommeil eux aussi. Ils sont mille deux cents à se marcher sur les pieds, confinés à bord depuis quatre jours. Pourtant, Andrew a l'impression qu'il aurait su dire à chaque instant où se trouvait son barreur sur le bateau. Plus que l'humidité visqueuse de ses vêtements, il se demande si ce n'est pas l'absence de Garnett dans le dortoir qui l'a réveillé. Le marin n'est pas placé sous son autorité de sergent. L'homme prend ses consignes auprès de ses propres supérieurs. Garnett ne posera pas pied à terre, mais ils seront tous les deux dans la première vague d'assaut. Un jeu est à l'œuvre entre eux, dont les règles ne sont pas écrites, peut-être une façon de se jauger avant de monter dans le même canot. La 29e Division n'a pas bonne réputation, du genre scolaire, à faire son lit, à boucler la jugulaire du casque, elle ne s'est jamais battue. Alors Andrew se demande s'il n'y a pas, dans le sourire toujours en ébauche de son barreur, des préventions contre lui et ses hommes. Il l'a vu échanger plusieurs fois des clins d'œil entendus avec les matelots et le mécanicien, ignorant si c'était du lard ou du cochon. Entre lui et Garnett, il ne sait pas ce que c'est, l'intensité de sa présence est telle qu'il n'arrive pas à l'oublier pendant les briefings. Même quand le barreur ne le regarde pas, Andrew continue d'épier ses gestes, sur le qui-vive, dans un état d'acuité perceptive qu'il n'a jamais connu auparavant. Devant lui, il a l'impression de ne plus savoir quoi faire de ses bras, de ses mains. On dirait un mauvais acteur qui essaierait de mettre une intention dans chacun de ses gestes. Au réfectoire, il y a deux jours, Garnett a raconté qu'il préférait l'infanterie à la marine parce qu'on ne pouvait pas creuser son trou dans l'eau. Andrew se souvient d'avoir émis un petit rire bref et sonore qui portait en lui le désir d'être entendu.

Il s'avance vers le marin en longeant la cloison de la coursive pour se protéger du vent, jette des coups d'œil à la dérobée vers ses hanches étroites, la force délicate de son dos. Garnett a vu qu'il le rejoignait au bastingage mais attend le dernier moment pour tourner la tête.

— Il y a de la houle, prévient le barreur, ça va secouer pas mal.

Andrew s'appuie au garde-corps en feignant de sonder les ténèbres. Le vent lui tire aussitôt des larmes au coin des yeux. Les fumeurs sont retournés dans le dortoir, découragés par le froid. Le pont s'est éclairci et il perçoit une gêne nouvelle, un danger imprévu à rester seul, dehors, avec cet homme. Garnett se tient si près de lui maintenant que leurs coudes se touchent et que tout le sang de son corps semble affluer à ce point de contact.

Andrew devrait se décaler un peu mais continue de contempler l'horizon devant lui. Il sent que son barreur s'est mis à l'observer, la tête tournée de son côté. Il n'y tient plus, coule un regard vers Garnett, vers ce visage qu'il n'a jamais pu détailler de si près, ces cheveux courts chahutés par le vent, les dépressions de ces joues, sabrées de fossettes sombres. Andrew a vu la main de l'autre monter en direction de son cou, il a perçu le mouvement depuis le début de son ascension, sa lenteur géologique. Il s'y est préparé à sa façon depuis toujours, n'esquisse aucun geste pour l'écarter, et cette main qui maintenant lui prend le menton, enserre doucement sa mâchoire, cette caresse du pouce sur sa joue, il la repousse deux secondes trop tard, il s'y dérobe mollement en reculant d'un pas alors qu'il fallait le faire tout de suite, avec violence, insulter

Garnett peut-être, le frapper. Il tourne les talons sans un mot, effaré de dégoût, pressé de retourner dans la lumière protectrice du dortoir.

Les postes de mise à l'eau grouillent d'hommes en armes, épaule contre épaule dans l'obscurité du pont, entre les caisses de torpilles, les jerrycans d'essence gélifiée, les blocs de TNT. Les reliefs des lance-flammes et des bazookas sont moins vifs maintenant, floutés et adoucis par les housses transparentes en Pliofilm. Des ficelles courent partout, nouées au matériel pour en faciliter la saisie dans les vagues. Andrew guette l'apparition de Garnett qui ne devrait plus tarder. Au réfectoire, quand la première vague s'est présentée pour le petit déjeuner nocturne, peu après leur entrevue sur le pont, il le cherchait. Son barreur n'est pas venu, ça l'a énervé, il aurait voulu échanger quelques mots, effacer le malentendu dans la coursive, que leur relation se normalise avant le départ, devant l'abondance suspecte des saucisses, des haricots, des beignets et du café servis avec trop d'enthousiasme, une note de gaieté factice dans la voix des cuistots. Cette gentillesse servile qu'ils n'avaient jamais eue les jours précédents, elle les condamnait plus que le reste.

Les fantassins de sa compagnie achèvent de boucler les ceintures de sauvetage sur les armes lourdes. Des mains fébriles tâtonnent dans l'ombre, vérifient les boucles une dernière fois. À vide, les barges sont abaissées sur la mer, arrachent des grincements aux mâts de charge. Les annonces au haut-parleur se succèdent de plus en plus vite, préviennent la timonerie des mises à l'eau. Andrew aperçoit Garnett qui s'approche d'un pas rapide avec son mécanicien. La blancheur de son sourire flotte dans les ténèbres. Ils contrôlent quelque chose avec le matelot arrière, puis Garnett s'éclipse à nouveau, seul cette fois. Peut-être qu'il va juste pisser avant de partir ? Andrew peut encore le coincer devant les toilettes et lui arracher quelques phrases. Il lui emboîte le pas en se faufilant entre les hommes qui ploient sous leur charge de destruction, torse projeté en avant pour faire contrepoids, à peine capables de se mouvoir, les poches enflées de grenades à fragmentation, pelle de tranchée hérissée dans le dos, obus de mortier en collier autour du cou, cartouchière à la ceinture, si lourds et si encombrés que le gilet d'assaut ne ferme plus.

Quand Andrew le rejoint dans la file, Garnett a déjà entamé une discussion avec un type. Le marin remarque sa présence mais il l'ignore, faussement absorbé par la conversation. Andrew sent la peau de son visage rougir de honte dans la pénombre. On va s'apercevoir de son absence au poste de mise à l'eau et lui, il fait quoi ? Au lieu d'être auprès de ses hommes comme les autres sergents, il attend de pouvoir parler à son barreur devant les chiottes. Une cabine se libère, Garnett disparaît à l'intérieur. Le tour d'Andrew vient dans celle d'à côté. Il referme la porte derrière lui en se demandant vraiment ce qu'il est venu faire là, maintenant, dans cet espace exigu et dégueulasse, l'odeur piquante de l'urine, devant ce siège en bois au fond duquel coule un flot continu d'eau de mer, alors qu'il n'est plus temps, qu'il a des types à mener, que le moment fatidique est arrivé. Il ne peut pas croire qu'il puisse être évincé de l'événement par son propre trouble, à la merci de cet homme imprévisible, que chaque pensée, chaque seconde soient accaparées par ce marin, quand des mois d'entraînement intensif, d'efforts, de privations, vont trouver leur aboutissement. Il faudrait qu'il se recentre immédiatement, que tout ce qui n'est pas en lien avec la mission s'abîme dans l'océan. Andrew approche son front de la cloison mitoyenne derrière laquelle se tient Garnett, donne un coup de tête dépité contre la paroi, ressort de la cabine.

À son retour au poste de mise à l'eau, l'un de ses fusiliers lui tombe dessus pour lui demander si le détonateur, au lieu d'être glissé sous le filet de camouflage du casque, ne serait pas mieux scotché derrière le fer de la pelle. Andrew le regarde, comme si l'homme lui tenait un langage crypté, à parler de protection supplémentaire en cas d'explosion, de casque trop près de la tête par définition. Il lui demande de répéter puis coupe court, rétorque qu'il est trop tard maintenant, qu'on verra à terre, qu'on va embarquer, que ce n'est pas le moment. Il peut encore sentir l'empreinte fantôme des doigts de Garnett sur sa mâchoire, la poigne délicate de ce type qui a réapparu et gagne à présent le bord du navire avec son matelot et son mécanicien pour descendre dans la barge mise à flot. Andrew regarde son barreur enjamber précautionneusement le bastingage et se jeter au ralenti dans le vide. Il retient sa respiration pour forcer son cœur à décélérer, ça va être son tour de franchir la limite du pont enténébré, la ligne de départ irréversible. Il passe la cordelette du fusil sous le sanglon à dégrafage rapide de son gilet pour avoir les mains libres, tend une jambe à l'aveugle dans le ballant du filet affalé le long du bateau. Il cherche de la pointe du pied une maille où prendre appui, bascule dans le réseau souple et instable de plusieurs mètres, le nez contre la coque, cramponné à la force des bras, le corps arqué, le front aussitôt vaporisé de sueur, alourdi par tout l'équipement qui le tire en arrière. Les autres soldats pendus au filet créent des oscillations, des à-coups qui le prennent par surprise. Il entend un battement lourd en bas de la falaise d'acier, le chaland qui percute la coque du navire-porteur, malmené par les vagues. L'eau noire apparaît fugitivement dans l'intervalle, trou d'homme où il serait si facile de disparaître, de perdre une jambe, mangée dans un claquement. Les derniers mètres sont à franchir d'un saut hasardeux, il doit viser le centre du PA30-4 en se coordonnant avec la houle qui le fait monter et descendre le long de la paroi. À la seconde où il va lâcher le filet, il hésite. Doit-il se lancer lorsque la barge est à son point culminant, ou une seconde avant, quand elle est montante, pour qu'elle le réceptionne au sommet de la vague ? Il se projette en arrière pendant la levée, atterrit dans la cale, tombe sur les fesses, se relève pour se plaquer contre le flanc du canot et laisser la place aux suivants. Il glisse en pas chassés jusqu'à la proue, à bâbord, en première ligne.

La mer, qui était encore à distance respectable depuis le pont, vibre sous ses pieds. Elle est toute proche maintenant derrière le contreplaqué de la coque. Là-haut, ils étaient mille deux cents, intouchables. Ils peuvent se compter à l'œil nu à présent, trente soldats répartis sur trois files symétriques, une unité jetée dans la bataille, un maillon, un morceau de ce nombre qui doit renverser l'équilibre des forces. Des mois de préparation pour aboutir à ça, des milliers d'heures pour une trentaine d'hommes debout à l'air libre, dans une chaloupe en pin d'Oregon. Andrew jette un œil vers Garnett, à l'arrière, en surplomb, plus exposé que les autres à son poste de pilotage surélevé.

L'une des vedettes rapides leur ordonne par haut-parleur de s'aligner. Andrew sent les premiers embruns sur son visage. Garnett éloigne l'embarcation du navire-porteur pour gagner l'aire de rassemblement. Les deux immensités sombres du ciel et de la mer se déploient de part et d'autre de la barge. Un homme du groupe mortier embrasse sa croix de baptême, ils vont combattre dans le camp du Seigneur jusqu'à Bayeux, Caen, Paris, Berlin, jusqu'au bateau du retour.

Garnett immisce le canot dans l'une des rondes de manœuvre formées à proximité de l'USS *Charles Carroll*, pour attendre la fin du transbordement et la composition de la première vague d'assaut. Là-bas, à quelques dizaines de mètres de la zone de rassemblement, un rideau de fumée artificielle les protège encore du regard ennemi.

L'enfoncement de la barge alarme Andrew. Elle pique du nez, alourdie par la rampe d'acier et les blocs de TNT entreposés à l'avant. Il essaie de se souvenir s'ils étaient aussi bas sur l'eau pendant les répétitions sur les plages du Devon, mais les vagues n'étaient pas si creuses, leur crête n'était pas blanchie par le vent comme maintenant. Il observe avec avidité les nouvelles barques qui les rejoignent, épie leur ligne de flottaison, leurs coques profondément enfoncées, la trentaine de casques à la rotondité parfaite, à fleur d'eau. Ils doivent ressembler à ça, eux aussi, vu de loin, à des hommes qui émergent de la mer en trois colonnes parallèles, jaillis de l'écume, armés et casqués.

Quelques annonces incompréhensibles leur parviennent encore de l'USS *Charles Carroll* lorsque le cercle de manœuvre les en rapproche brièvement. Les barreurs en surplomb des embarcations semblent courir sur l'eau les uns derrière les autres, élargissant la ronde à l'arrivée de chaque nouveau bateau. Autour d'Andrew, les hommes se taisent, saoulés par la giration, le vrombissement du moteur, les vapeurs de gasoil qui commencent à les incommoder.

Andrew tressaille en apercevant le fanal de la vedette de guidage qu'il n'a pas vu s'allumer. Il ignore depuis combien de temps le compte à rebours a démarré, pris au piège, la poitrine serrée, alors qu'il y a bien deux heures de traversée et qu'il n'a qu'à se laisser porter. L'extinction de la lanterne donne le signal du départ. Les barges brisent le cercle, font mouvement vers la côte. Elles forment un train de bateaux le long du chenal déminé, couloir invisible que les vedettes de guidage leur désignent, flanquées de part et d'autre en chiens de berger. Elles processionnent à vitesse réduite pour laisser le temps à la vague suivante de se former, traversent l'écran de fumée lourde qui les masquait.

Puis la colonne pique vers la terre. Garnett pousse les 225 chevaux du moteur à plein régime. Andrew le sent vrombir jusque dans la doublure en carton comprimé de son casque.

Les vagues retombent en gifles glacées sur la cale ouverte. La barge à fond plat roule et tangue dans la houle, instable sur la mer, une vraie casserole. Ils embarquent de l'eau, beaucoup trop. À l'avant, Andrew la regarde tourbillonner à ses pieds en claquant des dents. Depuis tout à l'heure, il entend dans son dos les hommes qui vomissent. Quand le vent rabat sur lui les odeurs de gasoil, il se dit qu'il va dégueuler d'une minute à l'autre, lui aussi. Il a décelé un changement d'acidité dans sa bouche, d'inquiétantes remontées de salive qu'il s'empresse de ravaler. Il aimerait être à la place de Garnett, piloter un peu, on n'est jamais malade quand on barre. Il se retourne régulièrement pour jeter un regard en direction du marin, à l'arrière, debout derrière son poste de pilotage. Andrew avise les artificiers du groupe de brèche qui gerbent dans leur casque, puis le rincent dans l'eau de mer en fond de cale. Un pédiluve s'est formé où surnagent les vomissures. Les pompes ne suffisent plus à évacuer. Leurs chaussures ont toutes disparu sous l'eau. On leur a assuré sur tous les tons que la barge était insubmersible mais il commence à avoir de sérieux doutes. En son for intérieur, il fixe le genou comme limite à ne pas dépasser. Au-delà, il faudra écoper.

Le ciel s'enfle de bruits de moteur. Les ombres noires des gros transports et des chasseurs passent au-dessus de leurs têtes dans un roulement continu. La basse profonde des bombardements résonne au loin. Le pilonnage des défenses allemandes a débuté, les téléphones doivent s'affoler dans les QG de campagne. De brèves lueurs d'incendie fulgurent derrière le trait de la côte qui est apparu dans la nuit. Le canot frappe la surface de la mer en retombant dans les vagues. Andrew surveille les péniches qui les précèdent. La houle est si forte que le bateau devant eux disparaît complètement à sa vue avant de ressurgir à la crête de la lame suivante. Quand leur canot est dans le creux, le reste du monde s'évanouit une seconde. La péniche plonge, est soulevée par la vague suivante, s'immobilise au sommet, se fige presque avant de retomber lourdement dans le fond. L'estomac au bord des lèvres, les épaules sciées par les sangles de leur paquetage, ils s'agrippent tous aux parois pour ne pas tomber.

Andrew peut entendre l'hélice qui s'emballe une seconde lorsqu'elle sort de l'eau au sommet de l'onde. Et Garnett qui ne baisse pas de régime ! Au lieu d'avoir la main sur le levier de gaz pour doser leur vitesse ! Il ne vaut rien comme barreur. Il ne sait pas manœuvrer dans la houle, composer avec les vagues, s'abstenir de résister quand la lame passe sous le bateau pour mieux reprendre le contrôle dans la descente. Il subit, se laisse bousculer. Andrew se demande avec stupeur ce qu'il a pu laisser voir de lui-même, laisser croire à ce marin qui n'en est pas un, pris tout à coup d'une bonne envie de lui casser la gueule. Il faut voir l'inclinaison que prend le bateau à la descente, un vrai tape-cul, ils sont en train de se faire brancler, de prendre du retard sur les autres chalands. Andrew se faufile entre deux rangées d'hommes, se tracte en s'accrochant à leurs épaules pour remonter jusqu'au poste de pilotage, lève la tête vers Garnett en gueulant pour couvrir le bruit du moteur, la voix déformée par le froid :

— ON T'A PAS APPRIS, PUTAIN ?

Il mime la vague d'une main et le rafiot de l'autre, comment se présenter à la lame légèrement de biais pour ne pas taper en retombant dans le creux. Sa paume décrit sur la crête un mouvement oblique, puis profite de l'accélération dans la descente pour rester en prise avec la surface de l'eau.

Garnett le regarde incrédule, surpris qu'il sache naviguer, de ce mouvement de colère qu'il n'a pas vu venir.

Le jour se lève, les faces livides apparaissent sous la rondeur des casques. Les silhouettes des navires de guerre surgissent dans le brouillard de mer, celles des cuirassés et des croiseurs qu'ils ne vont pas tarder à longer et à dépasser. Andrew aperçoit son barreur et le mécanicien affolés qui pointent le doigt devant eux. Il se hausse au-dessus de la rampe : l'une de leurs péniches a chaviré là-bas. Elle a fait naufrage toute seule, n'a pas été touchée par l'ennemi, toujours silencieux, écrasé sous les bombardements. C'est bien ce qu'il pensait, ils risquent de sombrer eux aussi avant d'avoir tiré un seul coup de fusil. Il ordonne d'écoper avec le casque pour aider les pompes, tire de leur léthargie ceux qui s'étaient protégés des embruns en s'abritant sous la cape antigaz. La barge passe à hauteur des naufragés ballottés par la houle, qui tendent les bras dans leur direction en les suppliant de les prendre. Andrew se dit que la guerre commence peut-être ici, tandis qu'ils défilent devant leurs camarades sans s'arrêter, dans l'application stricte de la consigne : « Vous n'êtes pas un canot de sauvetage, vous devez avancer quoi qu'il arrive. » Les mains en porte-voix, il leur promet que les garde-côtes arrivent derrière pour les repêcher. Il regarde ses hommes malades, exsangues, hurle devant leur manque d'ardeur à vider la cale. Est-ce qu'ils veulent chavirer eux aussi ? Ils sont beaux, tiens, avec leurs yeux de veaux au pré. Andrew les bouscule, assène des claques derrière les casques, retire le sien pour montrer l'exemple.

La fumée et les poussières de bombardements empêchent de reconnaître les amers. Il entrevoit seulement les falaises basses de la côte et l'entrée d'une valleuse dans une déchirure de brume. Il se demande s'ils n'ont pas dévié, si la vallée suspendue n'est pas celle de Colleville-sur-Mer au lieu d'être celle des Moulins. Une déflagration de fin du monde le fait plier sur les genoux. Il plaque les mains de douleur contre ses oreilles, n'entend plus rien, tire frénétiquement sur le lobe, bouge la mâchoire pour faire travailler les os. C'est l'*Arkansas*, là-bas, qui a entamé ses tirs de barrage. Il peut voir les flammes jaillir des canons du cuirassé en direction des terres, les panaches de fumée lourde et brune qui s'échappent des fûts avant que l'onde de choc ne les irradie, toute-puissante, déferle sur l'embarcation, traverse ses habits, sa peau, ses organes, fasse battre ses tympans de l'intérieur. Au loin, d'autres navires de gros tonnage jettent leurs forces dans la bataille, pilonnent la côte sans discontinuer. Andrew sent les détonations avec retard jusque dans ses poignets, garde la bouche ouverte pour tenter d'en atténuer l'impact. L'*Arkansas* est à main gauche, trop près, c'est bien ce qu'il pensait, ils ont dérivé à l'est.

Les tirs de barrage s'interrompent. Les reliefs de l'escarpement se dessinent plus nettement dans le jour. L'herbe brûle par endroits, incendiée par les bombardements. Andrew distingue à l'œil nu les premiers signes tangibles de la présence ennemie sur la grève, les formes géométriques des obstacles disséminés sur la plage infinie, les pieux, les poutrelles métalliques soudées en étoiles qui prolifèrent à vue d'œil, les troncs obliques dans le sable, étayés de courtes jambes en bois, surmontés de dents d'acier pour éventrer leurs bateaux à marée haute. Puis les profonds réseaux de barbelés à la levée de la dune. Les défenses sont intactes. La grève est lisse, sans le moindre trou d'obus pour se mettre à couvert. L'artillerie devait anéantir les batteries côtières et creuser les plages. La chaloupe aurait dû accoster sur un terrain labouré, pas sur ce plateau hérissé de pointes. Le visage d'Andrew se tourne en direction du poste de pilotage, accroche immédiatement le regard de Garnett à l'autre bout. Ils se dévisagent une pleine seconde, séparés par la masse des soldats. Andrew lui trouve de l'allure, malgré tout, avec sa tenue de pont caoutchoutée lacée sur le devant du col, son gilet de sauvetage rembourré aux épaules. À l'approche de la plage menaçante et silencieuse, il ressent à nouveau un élan pour cet homme. S'il pouvait, il le serrerait un instant dans ses bras avant leur séparation imminente. Il aurait mieux valu ne pas le rencontrer, ne pas éprouver ce mouvement qui l'a porté vers lui, cette attirance inavouable. Le sergent n'a pas su mettre la distance qu'il fallait entre lui et ce marin, il est trop vert, trop innocent, il ne sait pas voir le mal.

Andrew se replace dans le sens de la marche, braque ses jumelles à travers l'embrasure de la rampe, scrute la dune dans l'espoir que la voie soit peut-être libre, que le matraquage des bombardements ait détruit les casemates, mis hors d'usage l'artillerie allemande, les mortiers et les mitrailleuses ennemies, que leurs servants aient fui sous l'orage. Mais non, les premiers canons de campagne tonnent. Les Allemands commencent à les pilonner depuis des points de fortification invisibles, probablement en retrait de la plage. Ses hommes et lui se recroquevillent derrière les parois de la barge. Les tirs se précisent et se rapprochent, font pleuvoir sur eux des averses d'eau glacée. A-t-il bien entendu ? À l'arrière, Garnett hurle qu'il faut débarquer maintenant. Andrew se redresse. Le poste de pilotage surélevé, le gilet de sauvetage et la minerve qui dessinent au barreur un bourrelet de cape princière autour du cou, tout contribue à lui donner un ascendant imaginaire sur le reste de l'embarcation. Andrew voit ses hommes se frotter les muscles des jambes pour faire circuler le sang, se taper dans les cuisses pour casser les crampes, percuter les cartouches de gaz de leurs ceintures de sauvetage, étreindre plus étroitement leurs armes ensachées. Ils sont pressés de poser les pieds sur le sol ferme. Il les regarde sur le point d'obéir au barreur, de jaillir de la cale en pleine mer alors qu'ils n'ont pas pied, et que lui, Andrew, n'a rien décidé. La distance est trompeuse, ils sont encore trop loin du rivage. Il y a bien deux mètres d'eau sous la barge, peut-être deux mètres cinquante. Ce n'est pas ce qui était prévu. Ils devaient être projetés sur la plage. Une explosion retentit, toute proche, assourdissante. Ils s'accroupissent en se protégeant le visage des coudes. Une pluie de métal, d'échardes et de morceaux de chair sanglante s'abat sur eux. Dans les hurlements de terreur, ils comprennent que le chaland qui les précédait vient d'être pulvérisé par un obus de 88.

— PRÉPAREZ-VOUS ! crie Garnett à l'arrière.

Andrew déplie les bras, se relève, blanc à faire

peur. Il s'appuie sur les hommes pour ne pas tomber, remonte à contre-courant jusqu'à son barreur en s'époumonant pour se faire entendre :

— MACHINE AVANT TOUTE !

Son ordre ne porte pas.

— TU M'AS ENTENDU ?

— C'EST TROP DANGEREUX !

— ON N'A PAS PIED ! TU NOUS DÉPOSES SUR LA PLAGE !

— VOUS N'ÊTES PAS TOUT SEULS, J'AI D'AUTRES GARS À ALLER CHERCHER.

— TU VEUX QU'ON SE NOIE ?

— JE VAIS PAS PLUS LOIN.

Andrew porte la main à la ceinture, libère la patte pressionnée de son colt .45.

— FAIS TON BOULOT, CONNARD ! SUR LA PLAGE !

Il n'a pas prémédité son geste, ne comprend pas comment son flingue peut déjà être dirigé vers l'ossature délicate du visage de Garnett. Son barreur le regarde immobile, le souffle coupé, percevant la part d'irrationnel que recèle la menace. Il remet les gaz. Andrew entend le silence qui s'est formé dans l'embarcation malgré l'emballement du moteur. Il croise l'expression sidérée du mécanicien et des soldats autour de lui, abaisse son colt, le flingue trop lourd au bout de son bras, n'ose plus regarder personne. Il peine à le ranger dans son étui, la main tremblante. Qu'a-t-il fait ? Il sent le triple galop de son cœur dans sa poitrine, se demande s'il ne va pas s'évanouir, feint de se concentrer sur l'approche, la main sur la chaînette de son sifflet. L'équipage passe entre les obus allemands qui lapident la mer, la soulèvent en geysers de trente mètres. Un des bateaux qui vient de débarquer là-bas aimante tous les tirs. Andrew voudrait entendre le crissement du sable sous la coque, profiter de cette diversion, fuir la chaloupe. Il reste à proximité du poste de pilotage comme s'il voulait encore avoir l'assurance d'être obéi, alors que dans l'émotion de sa propre violence, il pourrait presque demander pardon. Un bruit nouveau résonne à leurs oreilles. Des impacts de balles font crépiter la rampe d'acier, fusent sur les flancs. Tous s'accroupissent dans l'eau stagnante, terrorisés. Ils sont si proches de la plage maintenant que des tirs tendus cherchent à passer au-dessus du bordage pour les atteindre à l'intérieur. Garnett et le mécanicien se sont recroquevillés eux aussi derrière leurs appareils de pilotage. Le tintement des balles cesse, laissant place à un faux silence, plus effrayant encore. Les mitrailleuses ont suspendu leurs rafales, attendent l'abaissement imminent de la rampe, retiennent leur souffle pour mieux nettoyer le chaland au moment opportun. Une balle isolée siffle par-dessus la paroi d'acier, un homme s'affaisse dans la colonne de droite. C'est un type du groupe démolition. Il s'est affalé dans l'eau sale. Le cerveau d'Andrew s'enraye une seconde. Ils vont se faire tirer les uns après les autres. Ils ne doivent pas rester groupés. Il ne peut plus différer. Il donne le coup de sifflet attendu. Garnett coupe les gaz, le matelot arrière déverrouille le treuil et la rampe s'abat lourdement dans la mer. Les balles s'engouffrent aussitôt dans l'ouverture béante, déchirent les soldats en première ligne. Tous se mettent à escalader les flancs de la barge en ahanant, basculent sur le plat-bord en se marchant les uns sur les autres, trébuchent, patinent, sautent dans les vagues. Les hommes du groupe bazooka entravent le passage. Les sacs hérissés de sangles, de pattes et de rabats s'accrochent aux prises d'attache rapide. Andrew enjambe le bordage, roule sur un homme immobilisé en travers, se précipite dans les remous. Le contact de l'eau gelée l'électrocute. La profondeur à laquelle il est projeté le prévient qu'ils n'ont pas pied et qu'ils sont trop chargés.

Il a oublié de gonfler sa ceinture.

Ses mains tâtonnent à l'aveugle dans les turbulences pour trouver les cartouches de gaz près de la boucle de fermeture. Les forces s'équilibrent, il s'immobilise avant de se sentir tiré vers la surface par les deux boudins raidis. Il rejaillit à l'air libre, dans le vacarme, le visage anesthésié par le froid. Andrew a juste le temps de comprendre qu'il a perdu son fusil avant de se sentir basculer en avant. Cul par-dessus tête, il boit la tasse, aveuglé. Pour se rattraper dans le vide, il projette ses bras en pure perte, bat des mains et des pieds, cherchant à se redresser, se cabre de toutes ses forces, parvient à peine à sortir la tête de l'eau un instant, suffoque, paniqué. Il bascule encore, trahi par son centre de gravité trop bas, les boudins qui ont glissé à la ceinture, probablement coincés dans la bouclerie du gilet alors qu'ils devraient être positionnés sous les aisselles. La partie haute de son corps, trop lourde, le maintient la tête dans l'eau, les fesses en l'air. Andrew tire comme un dément sur les tubes gonflés, commence à avoir des réflexes de déglutition, bouche fermée, arrache son casque, jette les bras frénétiquement devant lui, essaie de créer un balancement. Il pousse l'eau fuyante devant lui, se casse le dos pour parvenir à sortir les épaules de l'eau une pleine seconde. La ligne du corps arquée à l'extrême, les cervicales au bord de la rupture, il parvient in extremis à arracher la bouche des flots pour prendre son air, avant de basculer à nouveau, les mains affolées autour des boucles du gilet d'assaut. Les lanières sont gorgées d'eau, coincées. Il va mourir. Il va se noyer à fleur d'eau. Ses poumons se compriment déjà dans la poitrine, il jette les mains devant lui pour se hisser une dernière fois à la surface, les yeux exorbités. Ses poumons vont céder, il ne pensait pas que ce serait si rapide, si bête, il sent déjà un peu de liquide qui entre dans son corps, tousse dans l'eau, les gestes désajustés par la panique, distingue la forme imprécise d'une ombre qui se rapproche. Dans la houle, la barge abandonnée à elle-même tourne sur place, chargée de cadavres et de blessés, secouée par les claquements furieux de la rampe en acier qui bat dans l'eau, rebondit à la surface de la mer comme une porte déchaînée dans la tempête. Des mains le saisissent brusquement par les jambes du pantalon. Des soldats de sa section cramponnés aux pourtours de l'embarcation le retournent et le tirent en arrière, voies respiratoires hors de l'eau, le maintiennent à l'air libre pendant qu'il dégueule tout ce qu'il peut, par le nez, par la bouche. L'un des servants de la mitrailleuse, immergé à côté de lui, sort son couteau pour scier les sangles de son gilet, permet à la ceinture de sauvetage de se repositionner sous ses aisselles. Andrew continue de cracher en reprenant haleine, les yeux injectés de sang, remercie d'une voix exténuée, tandis que ceux qui l'ont sauvé regardent déjà ailleurs, hagards. Des bouches déchirées de cris appellent à l'aide. Andrew s'efforce à reprendre son souffle dans l'air saturé de vacarme, agrippé à la joue du chaland. La mer s'est foncée autour de lui, infusée de sang. Des dos sombres émergent de l'onde, corps sans vie ballottés par les vagues, maintenus à flot par la ceinture de sauvetage. Il observe ahuri les ombres pâles des poissons qui flottent à la surface, assommés par le canonnage, scrute les alentours dans toutes les directions, aux abois, cherche Garnett parmi les visages qui émergent de l'eau, lève les yeux pour vérifier qu'il ne se trouve pas au milieu des corps inertes à demi renversés sur les bordages au-dessus de sa tête.

Un autre chaland à la dérive se rapproche dangereusement du leur. Ils l'abandonnent précipitamment pour ne pas être pris en tenaille et se mettent à grenouiller vers la plage. Tout en nageant, Andrew plonge le bras pour délacer ses guêtres et ses chaussures sous l'eau. Il parvient à esquisser quelques mouvements de brasse, la tête en l'air, bien droite. Le plié des bras et des jambes, même ici, dans la sidération du combat, conserve sa nonchalance involontaire. Où sont les chars qu'on leur a promis ? Là-bas, plusieurs groupes de soldats se sont massés derrière les défenses de plage. Peut-être parviendra-t-il à rejoindre ces protections inespérées ? Dès qu'il n'y aura plus assez d'eau pour se cacher, il se promet de rester en mouvement pour ne pas former de cible trop évidente.

Il sent maintenant les reliefs du sable sous ses pieds. Il peut marcher, alors il se redresse avec une allure de spectre, alourdi par ses vêtements trempés, épuisé par la gravité. Il intercepte un cadavre à la dérive pour lui arracher son casque, continue d'avancer à découvert dans la fusillade.

L'homme en tête de colonne, de l'eau à hauteur des genoux, s'effondre sans un bruit, plie en avant, comme entraîné par le poids de son visage. Toute la colonne se recroqueville pour se cacher le plus possible dans l'eau qui pétille, mitraillée. Dès que les giclures de balles s'éloignent, Andrew bondit en levant les genoux pour se dégager. Ses jambes se dérobent, il tombe à quatre pattes dans la nappe mousseuse, à bout de souffle, les yeux clignotants, les oreilles vibrantes d'acouphènes. Il abandonne la tête entre les épaules une seconde, abaisse les paupières pour reprendre des forces, puis se relève en titubant, le corps robotisé. Il court en pissant l'eau, cassé en deux, le regard rivé au sol. Le sable défile sous ses yeux, se lézarde sous la pression de son talon, irruption imprévisible de l'image estivale, connue, enregistrée malgré lui dans sa mémoire.

Il rejoint une grappe de soldats accroupis derrière les poutrelles entrecroisées d'un hérisson tchèque. Déjà une dizaine se terrent derrière l'obstacle-refuge, formant presque une file. Andrew prend place dans la queue informelle. Il s'essuie les yeux brûlés par le sel pour regarder de tous les côtés. À l'horizon se profile la deuxième vague d'assaut. Elle arrive trop tôt, va s'empêtrer dans les chalands démolis de la première. Les balles ricochent sur les cornières du hérisson, chuintent dans le sable. Ils ne pourront pas tenir la position longtemps, il y a trop d'air, ils sont trop nombreux pour être protégés efficacement. Les mitrailleuses balaient la plage depuis une casemate qu'Andrew distingue maintenant, cachée dans un repli du terrain, invisible depuis la mer. Elles arrosent toute la plage en enfilade. D'autres îlots de fortune se sont créés derrière les obstacles les plus proches du rivage, derrière les rampes, derrière les pieux, le long de la ceinture d'écueils. Il aperçoit une digue de galets au pied de la dune qui pourrait offrir une protection contre les tirs tendus, mais les deux cents mètres à franchir forment une distance insensée maintenant. Il décèle un changement imperceptible dans le fracas, une infime variation de ton. Une mitrailleuse s'est interrompue, le servant est probablement en train de changer de bande, offrant une accalmie de quelques secondes. L'un des soldats de devant gicle de la file, tente de gagner la levée de galets dans une course éperdue. Il s'effondre au bout de quelques mètres, rafalé. Un autre s'écroule dans le rang, tué par une balle isolée. Des tireurs apostés dans des points de fortification de la dune sont en train de les ajuster un à un. Là-bas, d'autres fantassins sortent de la mer et s'affaissent à leur tour, abattus, débranchés. Andrew va être poignardé par une balle lui aussi.

Ce n'est plus qu'une question de temps. La digue de galets au pied de l'escarpement est hors de portée. Il n'y a pas d'issue. Il ne respire plus que par brèves inspirations. Chaque explosion de mortier lui est destinée, chaque tir le vise personnellement. Le bruit de machine à coudre des mitrailleuses le tétanise. Des morceaux de fer veulent pénétrer sa chair. Sa peur ne connaît plus de pause. Dans l'eau. Il doit y retourner. Il rampe à reculons, se rejette lui-même à la mer, bat en retraite, patauge dans la nappe de trente centimètres, tourne le dos à la plage, à contre-courant, tandis que les soldats de la deuxième vague sont déjà en train de débarquer. Il s'enfonce et bascule sur le dos, fait le mort pour rester en vie, les narines palpitantes, les bras en croix, les oreilles immergées pour étouffer les cris. Puis ses bras agrippent un cadavre entre deux eaux. Des fibres légères, fines et soyeuses, virevoltent à la surface. Il croit d'abord à des plumes, comme si on venait d'égorger un poulet, mais on dirait plutôt des peluches de kapok. Les flocons gris lui rappellent la bourre d'un gilet de sauvetage de la Navy. Il renverse le cadavre, le fait coulisser dans l'eau pour trouver son visage. Ce n'est pas Garnett. Il le retourne, tend les bras en travers du dos inanimé, étreint plus étroitement le corps malléable pour affermir ses prises, une main accrochée à la crête iliaque du bassin, l'autre à la cage thoracique. Elle glisse moins si ses doigts épousent l'intervalle des côtes.

Les rugissements des moteurs diesel qui lui parviennent doivent être ceux de la troisième ou de la quatrième vague d'assaut, il ne sait plus. Les nouveaux chalands qui approchent naviguent dans une mer rougeâtre, solidifiée. Autour de lui, les corps sont si nombreux qu'ils se heurtent dans les remous. Les hélices des moteurs les happent un à un. Près du rivage, tous ceux qui ne sont pas parvenus à se relever, les faibles, les assommés, les presque morts, se noient avec la marée montante. Elle a commencé à recouvrir les obstacles. Il voit flotter des casques autour des poutrelles métalliques du hérisson derrière lequel il était abrité tout à l'heure. Là-bas, ses camarades ont été rattrapés par l'eau. Ils se retiennent aux cornières, ballottés par le ressac. La mer le pousse lui aussi vers la plage rétrécie, l'attire comme le reste, les débris d'armes, les caisses fracassées, les rouleaux de fil téléphonique, les radios brisées, les gamelles, les musettes, les grenades à main, les sections de tube, les boîtes de rations, les détecteurs de mine, tous les objets qui roulent autour de lui dans les vagues et disent leur naufrage.

Il abandonne le corps qui lui a permis de se maintenir à flot, rampe sur le sable en grelottant, les oreilles bourdonnantes, assourdi par le bruit incessant. Il vomit à quatre pattes, un filet de bile entre les lèvres, tombe sur le côté, frigorifié, les doigts sous les aisselles. Les mitrailleuses infatigables continuent de piquer l'air. Il trouve encore la force de se soulever sur un coude pour regarder la plage jonchée de cadavres. Des hommes à l'agonie se tortillent, tendent la main au hasard avec des regards de demande infinie. Un soldat gît tout près de lui, avance les lèvres pour murmurer dans le vide, les mains serrées sur sa poitrine qui siffle doucement. Le pilonnage continue, les obus de mortier soulèvent les corps désarticulés. Tout à l'heure, quand ce sera fini, les Allemands descendront de la dune pour égorger les blessés. Mais au pied de l'escarpement, il doit cligner des yeux pour en être sûr : quelques hommes sont parvenus à gagner la digue. Quelques-uns ont réussi à coaguler derrière la levée de galets, dans ce minuscule repli du terrain au pied de la pente. Les balles projettent sans discontinuer des éclats de cailloux au-dessus de leurs casques. S'ils lèvent la tête, c'est la mort subite, mais ils y sont arrivés, ils ont réussi à traverser la plage pour atteindre ce sanctuaire. Près de lui, embusqué derrière une rampe de bois à moitié immergée, il aperçoit un fantassin debout qui empaume son fusil. L'eau est en train de le cerner, la lèvre mousseuse de la vague vient lui laper la ceinture. Andrew regarde halluciné la montée de l'arme à l'épaule, l'homme qui ajuste son tir en direction de la casemate, image ahurissante de ce soldat qui allonge un coup pour se défendre. C'est la première balle qu'il entend de leur côté. Le fantassin en tire une deuxième, puis une troisième. Des soldats continuent de s'élancer vers le banc de galets en essayant de se coordonner. Il les entend s'interpeller sauvagement depuis les troncs baignés par la marée, il les voit qui jaillissent au même instant pour offrir plusieurs cibles et multiplier leurs chances. Ils fragmentent leur course en bonds successifs, se jettent entre les cadavres pour disparaître dans le tapis de corps, se relèvent tout à coup quand on les a oubliés, slaloment entre les blessés pour ne pas trébucher, déjouent les projectiles qui griffent le sable à leurs pieds.

Il devrait choisir le moment propice. Leur emboîter le pas, profiter de leur aspiration, puisqu'il est vivant, puisqu'il n'est pas blessé. Mais il les regarde passer, hébété, aveuglé par la lumière profuse du ciel normand. Il tente de s'arracher à la pesanteur, à l'étreinte du sable, passe un genou sous son ventre pour prendre appui et se projeter à leur suite. Il reste cloué au sol, ne peut pas, figé dans cet effort entravé, le corps parcouru de longs frissons. Sa tête retombe entre ses épaules, ses doigts crochent le sol. Vu de près, le sable reprend sa forme anodine. La réalité réduite à son champ de vision l'hypnotise à nouveau de sa matérialité neutre, charrie des bribes de souvenirs incontrôlés, des remontées d'enfance, de chapelure de sable et de peau panée, des réminiscences de tunnels, de grains qui pénètrent sous les ongles, de mains qui se rejoignent et se touchent du bout des doigts dans la lumière rasante du soir, quand la plage s'est éclaircie et qu'on est rappelé au loin par un cri qui se perd dans le vent, sommé de quitter les lieux parce qu'il est tard, qu'il est l'heure de dîner, Andrew, c'est la dernière fois qu'on t'appelle, nous on y va, puissance d'évocation du sable sur lequel il fixe son attention pour s'abstraire des combats, quitter son corps, quitter sa peau qui n'est plus une frontière entre lui et le monde, recroquevillé en lui-même, en attendant qu'Omaha ne le rappelle, ne le ramène à l'épouvante, continue d'entamer le noyau profond de sa personnalité, parce qu'il n'y arrivera pas, il le sait maintenant, il restera sur cette plage pour toujours, quoi qu'il arrive, le jeune sergent courageux qui donnait des ordres serrés ce matin quand la cale prenait l'eau, le jeune homme qui dégainait son arme de poing pour faire plier son barreur, le type certain de la marche à suivre pour empêcher ses hommes de se noyer n'existe plus, n'existera plus jamais, ses traits sont tombés, il n'y a plus que l'enfant qui subsiste encore au fond de son être, pelotonné de peur contre le sable froid, qui voudrait qu'on vienne le chercher, parce que c'est trop dur, qu'il est trop loin de ses parents, de ses frères et sœurs, trop loin de chez lui, tout seul, alors sa poitrine se soulève, les larmes ruissellent de ses yeux, il sanglote avec des hoquets silencieux, ses lèvres forment le mot, l'articulent d'abord avant que le son ne parvienne à sortir de sa bouche, le mot porteur de son propre soulagement de toute éternité.

— *Mom... mom...*

Des pleurs d'enfant résonnent dans le lointain, à l'étage de la maison. Magali sent que son corps est incrusté dans le matelas. Fondue au lit, elle ne fait plus qu'un avec le plancher et les murs. Elle est devenue la bâtisse tout entière, recroquevillée dans la valleuse, dos à la mer, passe d'un endroit à l'autre trop facilement. Dans le séjour inondé de lumière, Darius est là, en short et en socquettes, cherchant frénétiquement quelque chose. C'est un rêve ? Une part d'elle le sait et regarde l'autre. Anxieuse, elle suit Darius du regard sans l'aider, sentant confusément qu'un passage va s'ouvrir. Les traits de son mari sont indécis dans la clarté blanche. Il l'ignore, ne prononce pas un mot, le visage fermé. En retrait derrière lui, elle l'accompagne dans chacun de ses gestes, disponible et désœuvrée. Elle l'escorte jusqu'au buffet dont il ouvre les portes à la volée. Magali lutte pour ne pas se réveiller malgré les sanglots du bébé qui enflent au loin, étouffés par l'épaisseur des murs. Elle a retrouvé Darius, elle ne doit plus le quitter. Servile, elle épie ses moindres mouvements, fascinée par sa présence, le poursuit jusqu'au couffin en osier, près de la cheminée, pendant qu'il arrache le papier journal et les bûches pour regarder en dessous. Elle recule lorsqu'il se jette à quatre pattes pour vérifier sous le sofa. Voyant qu'il se rapproche de la panière à linge, près de l'étendoir, elle voudrait s'interposer mais n'en a pas la force, spectatrice impuissante de sa volonté inflexible. Il renverse le bac sur les dalles, met la main sur ses chaussures de running cachées sous les vêtements, godasses massives, sophistiquées, d'un jaune aveuglant, qu'il passe aux pieds avant de se redresser. Magali suffoque devant ces jambes brunes et minces, ces chevilles plantées dans les énormes baskets à la cambrure trop prononcée, striées d'encoches de flexion. Elle fait barrage pour l'empêcher de quitter la pièce tandis que les pleurs du bébé s'affolent. Darius insiste, alors elle se précipite sur la porte d'entrée, donne le tour de clef qui les enferme. Son mari fait aussitôt volte-face, rebrousse chemin dans le salon, ouvre la fenêtre du rez-de-chaussée, l'enjambe et disparaît, avalé par le vide comme s'il avait sauté du toit. Elle voudrait crier mais n'y parvient pas. Elle contemple effarée la pièce déserte dans le bruit des sanglots assourdissants.

— Maman…

Les cheveux encollés par la sueur, elle ouvre les yeux sur le visage de son fils, trop près du sien. Il est en train de lui parler, la voix suppliante et apeurée, mais Magali ne comprend pas encore, désorientée par son cauchemar. À l'autre bout du couloir, dans la chambre des enfants, Albane hurle. L'intensité des pleurs indique qu'elle est réveillée depuis longtemps, au point qu'Émilien s'est levé pour venir chercher sa mère. La combinaison du Xanax et du Stilnox l'a assommée. Elle caresse rapidement la joue de son fils, se redresse, retrouve l'étrange fermeté du sol sous ses pieds, traverse le long couloir mansardé en effleurant le mur pour se guider. La nuit est encore noire à travers les vasistas.

Elle saisit Albane en se penchant au-dessus de son lit : elle lui glisse des mains. Magali la rattrape d'un geste réflexe, la serre contre elle pour la rassurer, là, c'est fini. Albane a trop pleuré pour que sa seule présence suffise à la calmer, alors Magali la prend sous les aisselles, la soulève en l'air en la regardant dans les yeux, exerce un petit mouvement de balancier qui fait ballotter les jambes de l'enfant dans le vide, histoire de la distraire une seconde de ses sanglots. Albane s'interrompt un instant, la regarde avec étonnement dans l'obscurité de la chambre, les joues congestionnées par la pression des mains qui lui enserrent la poitrine, puis se remet à pleurer.

Magali emmène les deux enfants pour finir la nuit avec elle, dans son lit, mais il y a eu trop de nervosité dans l'air. À ses côtés, Albane ne veut pas se rendormir, Émilien non plus. Ils ont tous les trois les yeux grands ouverts, aux aguets dans l'ombre grise de la chambre. Les cris de la hulotte leur parviennent depuis la petite forêt qui tapisse le flanc de la valleuse de Colleville-sur-Mer. Magali ordonne à tout le monde de fermer les paupières, comme s'il suffisait de faire semblant. Émilien obéit pour la forme, mais Albane ne se rend toujours pas, alors Magali se lève à nouveau, la berce dans le couloir, pieds nus sur le parquet. Elle fait les cent pas en fredonnant des histoires d'escargots qui portent sur le dos leur maisonnette, d'araignées Gipsy qui montent à la gouttière, de familles de rats et de tortues qui ne se mélangent pas. Le petit corps d'Albane se tend et se détend successivement dans ses bras. Magali la redresse, craignant un reflux. Le ciel est en train de blanchir quand la petite se rendort. Elle la repose dans le grand lit près de son frère avant de s'effondrer.

Quand le réveil sonne, une heure plus tard, Magali se dit qu'elle n'y arrivera pas. D'avance, elle est écrasée par la somme des gestes à accomplir. Les deux enfants dorment profondément : Albane, les deux bras ouverts, Christ en gloire abandonné sur le matelas, une main en travers du visage d'Émilien, imperturbable de sérieux.

Magali se heurte à son reflet dans la salle de bains, au-dessus de la tablette encombrée de plaquettes et de notices en accordéon. Cette impression d'être une femme qui en regarde une autre, défigurée de fatigue. Elle baisse les yeux, accommode dans le vide, se coiffe en faisant très attention, comme si elle craignait que les mèches se détachent en poignées brunes et filandreuses. Autour d'elle, la pièce est en chantier, le carrelage pas fini, les outils éparpillés. Ils sont restés à la place exacte où Darius les a laissés, elle ne les a pas rangés. Il ne comptait pas simplement rafraîchir la salle d'eau, il projetait d'en faire la pierre angulaire de la maison, l'étoile autour de laquelle les autres pièces seraient toutes déclassées au rang de satellite. Elle avait circonscrit le danger en lui interdisant de toucher à la cuisine et au séjour, si bien que tout son délire de représentation sociale s'était reporté sur cette pièce mansardée à l'étage, la seule où elle lui avait laissé carte blanche. Elle parlait de retour du refoulé, d'immigré nouveau riche en pleine crise ostentatoire, et lui, amusé, renchérissait, lui promettait de détruire l'ancien carrelage flammé des années 70, le bidet, le lavabo et sa colonne en porcelaine rose pour en supprimer jusqu'au souvenir. Habité par son projet, il ignorait ses sarcasmes et lui vendait le ciel de douche, les buses de massage orientables, le radiateur mural sèche-serviettes, le WC suspendu, le bol de lavabo noir avec des manettes en verre de Murano. Devant sa tête affolée, il se ravisait, feignait de se rabattre sur la pomme de tête 3 jets et le bon vieux mitigeur thermostatique des familles. Si bien qu'elle se mettait à douter devant son aplomb, ne savait plus s'il accordait vraiment de l'importance à tout cela, craignant de le blesser à force de le charrier, d'enfoncer le doigt dans une blessure invisible, le genre de plaie que la petite bourgeoise normande qu'elle était ne pourrait jamais comprendre. Prudente, elle se taisait jusqu'à ce qu'il lui avoue être disposé, mais vraiment parce que c'était elle, à opter pour la douchette rétro style téléphone, avec ses poignées métal et porcelaine, alors elle lui tapait tendrement l'épaule, soulagée et vexée qu'il l'ait si facilement mise en boîte. La joie enfantine qu'éprouvait Darius en lui jouant un tour redonnait confiance à Magali : ils parviendraient toujours à trouver une façon ou une autre de dialoguer.

Elle descend l'escalier en se méfiant de chaque marche, s'immobilise dans l'entrée comme si elle ne savait plus où se trouvait la cuisine. Dans la lumière naturelle du matin, le chaos de la maison n'est plus le même que celui de la veille. Des sacs de bouteilles sont entassés près de la porte. Les vêtements des enfants traînent par terre. Leurs trois manteaux sont posés en vrac sur la crédence, à côté des clefs et du portefeuille indéplaçables de Darius, protégés par leur halo sacré. Elle jette un œil dans le salon, bute sur la fenêtre qui prend le jour sur la cour gravillonnée, celle par laquelle Darius a disparu dans son cauchemar. Son regard glisse sur la mini-poussette basculée par terre, les cartons qui servent de véhicule-cabane à Émilien, le tapis à langer à même les dalles, le grand flacon d'eau nettoyante Mixa bébé en équilibre sur l'ordinateur qui menace de tomber du canapé, les éléments de dînette, le baril du chalet savoyard renversé sur la table basse, le camion à benne articulée qui emporte l'âne Playmobil et son ânon. Elle voudrait qu'on lui dise par où commencer, quoi faire, dans quel ordre.

Dans la cuisine, ce n'est pas non plus le saccage chaleureux d'une maison vivante mais le désordre fiévreux du surmenage, celui du lait qu'on a oublié de ranger dans le frigo, de la poubelle pleine jusqu'à la gueule, avec le fil de plastique rose coincé dans le mécanisme de la pédale, les objets reposés à l'endroit immédiat de leur utilisation parce qu'il fallait parer au plus pressé, le plan de travail au bord de l'engorgement, les fonds de tasse caramélisés, l'écouvillon du biberon figé dans le gras de la poêle, l'éponge inaccessible sous les assiettes, tellement de vaisselle accumulée, propre ou sale, qu'on ne sait plus où commence ni finit l'évier. Elle voit passer la masse sombre de ses cheveux dans le reflet du four, le col montant de sa polaire zippé jusqu'au menton, les mains cachées dans les manches. Ne pas s'attarder, ne pas se regarder. Elle se focalise sur le petit déjeuner en effectuant chaque geste avec retard, dans la brume mal dissipée des médocs qu'elle croque pour tenir le monde à distance. Mais heureusement son corps, lui, se souvient, ses mains savent encore faire un biberon qui tient la route, sortir le pain de mie et la pâte à tartiner sur la table, décoller les cornes de la brique de lait avant de l'aplatir, tourner la commande du brûleur jusqu'au repère grande flamme. Son regard accompagne les mouvements de ses doigts qui travaillent sans elle, autonomes. Tout à l'heure, elle boira du café jusqu'à ce que la petite veine dans son œil se mette à palpiter, et elle s'étonnera d'être toujours fonctionnelle.

Magali monte réveiller les enfants et redescend avec eux dans la cuisine, suffisamment vaste pour accueillir une grande table flanquée de deux bancs de ferme qui font le bonheur de sa fille. Albane s'y agrippe pour se déplacer à pas chassés. Plus petite que le plateau, elle disparaît complètement à la vue de Magali. Ce n'était pas une pièce prévue pour la mélancolie mais pensée pour le gigot de sept heures, les courgettes jaunes qui suent dans la cocotte, la tarte brocolis-saumon qui refroidit sur le plan de travail, la salade qu'on fatigue en buvant à petites gorgées le verre de vin posé sur le billot. Elle n'a pas su créer ce foyer-là, elle ne se réveille même plus la nuit quand ses enfants pleurent. Comme à son habitude, Émilien se met à lui parler sans discontinuer pour qu'elle arrête de penser, fait la radio pour occuper l'espace sonore, la saouler de paroles. Il est si menu, lui aussi, devant son bol, dans cette grande pièce, les pieds dans le vide. Elle le regarde et lui sourit faiblement derrière sa tasse. À chaque fois, elle oublie à quel point cet enfant est beau. Émilien se tait et s'illumine à la vision d'Albane debout sur le carrelage. Sa sœur a aperçu sa tétine par terre, s'est baissée pour la ramasser, et maintenant elle a oublié qu'elle ne se tenait plus à rien. Il sait qu'il ne faut rien dire dans ces cas-là pour ne pas la surprendre, ne plus bouger. Il vérifie que Magali est suspendue au spectacle elle aussi. Albane reste campée plusieurs secondes, ses petits genoux verrouillés, oscille légèrement d'avant en arrière. Combien de temps va-t-elle tenir en équilibre avant de s'affaler sur sa couche ? Les secondes défilent grâce à la tétine qui absorbe toute son attention, qu'elle tourne et retourne dans ses mains. Magali n'ose plus faire un geste, elle non plus.

La voiture est garée dans la cour, à côté du minibus 9 places. Magali traverse le terre-plein gravillonné, Albane dans un bras et Émilien dans son sillage. Elle entend la mer déferler dans son dos. Le vent souffle dans leur direction et fausse la perception des distances. La puissance immédiate de l'océan se fait connaître, sa menace contenue. Il lui suffirait de se ruer dans la petite vallée suspendue pour les noyer en quelques secondes.

Magali attache sa fille à l'arrière, dans le siège bébé, puis s'engouffre pour attraper la ceinture de son fils.

— Tout le monde dort aujourd'hui, prévient-elle. Toi, tu fais la sieste chez Françoise. Et toi, Émilien, tu vas au temps calme.

Elle tire trop vite sur le dérouleur, le cliquet hypersensible retient la sangle. Petit bout par petit bout, elle la dévide, la moitié du corps à l'intérieur du véhicule, en équilibre au-dessus de la banquette arrière, furieuse tout à coup du temps que ça lui prend. Chaque geste du quotidien se dresse devant elle comme une montagne arrogante. Elle sent son téléphone vibrer dans la poche tandis qu'elle essaie de verrouiller la boucle, laisse filer l'appel en comprenant qu'elle s'est trompée de boîtier, que celui-ci ne retiendra pas la ceinture, ni aujourd'hui ni jamais. Elle sait que ce n'est pas normal d'être contrariée pour si peu et ne veut pas pleurer, pas si tôt, pas devant les enfants. Mais l'autre point d'attache n'accepte pas la ceinture non plus. Il fait sombre à l'arrière, entre le siège bébé et le rehausseur, est-ce qu'elle a repris le même boîtier sans s'en rendre compte ? Elle recommence en vain, émet un petit rire faux à destination d'Émilien, qui la surveille comme le lait sur le feu. C'est le signal qu'elle lui donne pour qu'il se moque d'elle. Elle a toujours réussi à les attacher par le passé, elle y arrivera encore. Le rire d'Émilien provoque celui d'Albane, un petit gloussement irrésistible. Sa fille ne comprend pas pourquoi on s'esclaffe tout à coup mais elle participe. Le téléphone de Magali tremble à nouveau.

— Michel ?

Son collègue guide s'adresse toujours à elle sans formule d'appel, en court-circuitant les politesses d'usage pour créer un climat d'urgence, avec ce ton grave et courtois qui impose sa propre autorité. Il a un client pour elle, un Américain qui arrive par le train de 13 h 18 à Bayeux. Magali fait signe aux enfants de se taire, figée dans l'écoute, les cheveux serrés dans le bleu de l'écharpe.

Ce n'était pas simple avec lui, quand elle a commencé. Michel la prenait de haut. Il n'était pas arrivé en retard à la distribution d'amour-propre. On ne sait pas exactement son âge. Il pourrait avoir quatre-vingts ans que ça n'étonnerait personne, il était là avant tout le monde. On ne lui connaît pas d'enfant ni d'union, pas de vie sociale en dehors de son sujet. Magali ne lui a peut-être pas montré assez d'égards en arrivant, elle pensait qu'il n'aurait rien à faire d'une énième petite guide fraîchement apparue sur les plages du débarquement et elle n'a pas cherché à combler son besoin d'importance. Pourtant, le mode d'emploi du bonhomme tenait sur un demi-post-it, tellement avide d'approbation que, pour être adoubée, il aurait suffi de le flatter deux minutes, ou de prendre conseil, de lui demander comme une faveur de suivre un de ses tours en auditrice libre. Puis elle l'aurait tutoyé et vouvoyé dans la même phrase en s'excusant, ça lui aurait échappé, il y en a qui savent faire ça. Mais au lieu de jouer la révérence envers l'aîné, elle a préféré se faire discrète et se passer de son onction. Par timidité, elle lui a d'abord adressé quelques bonjours de loin, pas assez appuyés, pas assez souriants, si bien qu'ils se sont tenus à l'écart l'un de l'autre, en feignant l'indifférence réciproque. Après, elle a compris qu'elle avait raté le coche avec Michel, qu'il était bien au-dessus du lot. Plus historien que guide d'ailleurs, il avait repéré des lieux d'affrontements oubliés, des batailles au couteau aux lisières des villages, collecté des récits de Normands qui, sans lui, seraient tombés dans l'oubli. Michel avait même exhumé des hôpitaux de campagne en recoupant des témoignages. Si elle s'était rapprochée pour l'écouter, elle aurait admis que son clavier était bien plus vaste que le sien et se serait inclinée devant sa capacité à jouer sur tous les registres à la fois, à passer avec fluidité des faits aux émotions, des chiffres aux anecdotes, précis jusqu'à l'obsession.

Quand Darius s'est évanoui dans la nature, l'attitude de ses collègues a changé. Désormais, Magali intimidait un peu. Elle était celle que le sort avait frappée. Mais trois semaines après la disparition, Michel l'a appelée. Il ne l'avait jamais fait auparavant. Il ne lui a pas parlé de ça, il ne lui a pas dit qu'il savait, il n'a prononcé aucun mot réconfortant, non, il lui a proposé du boulot. Pour la première fois en dix ans, il lui a confié un groupe dont il ne pouvait pas s'occuper.

Magali manœuvre en marche arrière pour sortir de la cour, traverse rapidement le hameau désert, contourne le ruisseau et ses arums blancs toxiques, le lavoir, les deux tables où jamais personne ne pique-nique. Les enfants se dressent sur leurs fesses pour tenter d'apercevoir les taurillons dans la vallée. S'ils sont couchés dans l'herbe, c'est qu'il va pleuvoir.

— Ils doivent être cachés dans un repli, dit Magali.

Elle glisse sur le stop en s'assurant que la rue de la 1re Division est dégagée, retrouve en conduisant une sensation de contrôle sur sa vie. Elle n'est pas complètement certaine du bon goût du levier de vitesse futuriste et du grand compteur virtuel du tableau de bord, mais elle aime la route, sentir la couronne du volant entre ses mains, rouler sans à-coup, fluide, les reprises jamais tranchantes. Le siège un peu enveloppant de sa voiture lui donne de faux airs de sportive. Dans la pente sèche qui rejoint la rue principale de Colleville, elle dépasse l'ancien PC des Allemands, en liaison avec les points d'appui sur la plage, un abri bétonné dont l'entrée se fond dans la végétation du talus. Elle décide de faire un crochet rapide par Trévières au lieu de filer directement à Maisons, parce que c'est mardi et que l'antenne de gendarmerie n'est ouverte que trois demi-journées par semaine. Si elle ne se rappelle pas à leur bon souvenir, ils l'oublieront. Est-ce qu'on est bien mardi ? En fin de saison, elle ne sait plus, à force de travailler n'importe quand, d'avoir des dimanches en semaine, de garder les enfants à la maison les jours d'école quand elle est *off*. Et si l'Américain voulait commencer les visites cette après-midi, dès son arrivée ? Elle n'a pas posé assez de questions à Michel tout à l'heure, au téléphone. Elle était pressée, elle s'est contentée de lui demander sa division et son régiment, où l'Américain avait débarqué et combattu. Elle pensait à quelque chose à l'instant, qui avait un lien avec la fin de saison. Ah oui, il faut qu'elle passe la commande de fuel avant l'hiver. C'était Darius qui s'en occupait avant, il faut qu'elle mette son nez là-dedans aussi, trouver le contrat de maintenance, son père l'a prévenue d'un problème qu'elle risquait d'avoir avec la chaudière l'autre jour, il avait l'air très pénétré par ce qu'il disait, comme s'il s'agissait vraiment de la connerie à ne pas faire, elle a perdu le fil au bout d'une minute, il était question de dépôts au fond de la cuve, de brûleurs à démonter, elle a simplement retenu que ça prenait des heures, il faudra qu'il lui réexplique. Elle sait ce qu'elle a oublié de demander à Michel, si le vétéran est venu en famille ou avec une asso', combien ils sont à l'accompagner, si elle doit prendre le minibus.

Il y a encore neuf mois, elle aurait payé pour accompagner un soldat du 6 juin. Quand elle en croisait un, en marge d'une commémoration, d'une remise de médaille, Darius la voyait revenir un sourire béat aux lèvres, des étoiles plein les yeux, le genre de rencontres qui justifiaient à elles seules d'endurer, saison après saison, les transhumances estivales des touristes britanniques, canadiens, américains, les *rednecks* bruyants du Midwest déformés par la graisse, les buveurs de Fanta, les péquenauds à *selfie stick*, les clips solaires relevés à 90°, les appareils photo aux objectifs obscènes, la clientèle surinformée et discutailleuse, les quinquas en polaire aussi, les petites Parisiennes aux épaules étroites qui venaient en Normandie en tropéziennes et en jean blanc, tous ces vacanciers avec leur vision romantique de la guerre et à l'attention si fragile qu'ils avaient besoin d'anecdotes à tout bout de champ, d'héroïsme, d'émotions, par ici la bonne soupe, tous ces visiteurs qui finissaient par devenir des extensions des précédents, débarqués pour faire les plages, *check*, et aussitôt repartis.

Magali se réveille en train de conduire sur la départementale, resserre les mains avec effroi sur le volant. Elle est vraiment trop conne. Son regard n'était plus à la route. Elle divaguait, perdue dans ses pensées, puis elle se souvient du bruit onctueux du moteur qui la berçait. Il n'a pas dû s'écouler suffisamment de temps depuis sa dernière prise de Stilnox. Les médicaments qu'elle gobe ne sont pas copains avec la voiture, c'est écrit partout sur les notices. Elle a besoin de tout en ce moment sauf de se planter avec ses enfants à l'arrière. Elle se met en warning sur le bas-côté pour retrouver ses esprits, se frotte le visage.

— Maman ?

— Je ne me sens pas très bien. Il faudrait qu'on chante.

— Pourquoi ?

— Pour me réveiller. Un air qui me mange la tête, tu vois ?

— *Le matou revient* ?

— Parfait.

— Ou *Le Petit Bonhomme en mousse* ?

Elle ouvre la fenêtre pour faire entrer l'air frais.

La voiture longe l'*Overlord museum* et ses deux tanks d'exposition en devanture pour appâter le touriste. Magali tourne après la *Crémaillère* à Saint-Laurent-sur-Mer, cent fois elle a fait le chemin. Elle passe devant l'église de Trévières, puis la femme casquée du monument aux morts de la Première Guerre. La statue bombe la poitrine en avant, figée dans un geste de semeuse. Le bras tendu précipite le regard dans la cavité sombre et déchiquetée de son visage, la mâchoire déchirée par un obus de marine tiré depuis Omaha.

Le peloton de gendarmerie niche après le menuisier. Magali se gare sur le parking devant la maison qui tient lieu de local, surmontée d'une gigantesque antenne haubanée.

— Vous ne bougez pas, j'en ai pour une minute.

Fermé. Elle contourne le bâtiment et les camionnettes coiffées de leurs barres de toit bleues, s'aventure timidement dans l'allée pavillonnaire. Un gendarme sort de chez lui et la reconnaît.

— On a demandé une perquisition à la proc' pour un nouveau bornage du téléphone, la balle est dans son camp. On vous appelle si on la reçoit.

Il ne l'engueule même pas d'être venue le trouver sous la fenêtre de sa cuisine. La jeune femme s'est si souvent déplacée qu'ils se sont habitués à sa présence. C'est à peine s'ils font attention à elle maintenant. Elle lui sourit tristement en levant trois doigts qui veulent dire à la fois bonjour, au revoir, pardon de t'avoir dérangé, je te connais par cœur, combien on parie que tu ne me rappelles pas ?

Neuf mois que Darius n'est pas mort, qu'il n'a pas été tué, qu'il ne s'est pas suicidé, qu'il n'est pas parti, qu'il ne l'a pas quittée. Ils se sont disputés à propos de rien. Elle a employé le mauvais ton au mauvais moment, il est parti courir, ça fait neuf mois qu'il galope sans argent, sans Carte vitale et sans chargeur.

Ce jour-là, Magali a laissé sur son répondeur toute la gamme possible des messages, de la colère au désespoir en passant par la menace et la supplication, mais elle n'a pas appelé la gendarmerie, certaine qu'il allait finir par rentrer à la maison. Ne pas le faire, pendant quelques heures, maintenait l'inquiétude à un niveau supportable.

Elle n'a téléphoné que le lendemain, après une nuit blanche, se souvient parfaitement de l'endroit où elle se trouvait pendant la musique d'attente, debout devant la fenêtre du salon. Ses yeux suivaient les chardonnerets qui se poursuivaient pour dédramatiser ce qu'elle était en train de faire : demander de l'aide à l'État parce que son mari avait disparu. On lui a répondu que ce n'était rien, qu'il était majeur, qu'il faisait ce qu'il voulait, que ça arrivait tout le temps ce genre d'histoires, surtout s'ils venaient de se quereller. Cet aveu était un manque de discernement de sa part, elle n'aurait pas dû leur dire qu'ils s'étaient accrochés à propos d'un détail insignifiant. T'as pas envie d'aller courir, là ? Ce n'était même pas une vraie engueulade, ils n'étaient pas montés dans les aigus, il n'y avait pas eu de bruits de porte, rien qu'un petit voyage au pays de la dispute comme ils savaient en provoquer de temps en temps, comme un lien organique entre eux à réveiller, rien de dangereux, un besoin de se faire un peu peur, de se sentir libres quand on était captifs avec deux enfants et une maison à rembourser.

Après avoir raccroché, Magali n'a plus connu de repos. Elle a appelé les pompiers, le 15, le Centre hospitalier de Bayeux. On ne pouvait rien lui dire au téléphone, alors elle a demandé à ses parents de venir s'occuper des enfants et s'est déplacée aux urgences. Elle a appelé sa collègue Lucile et elles ont refait ensemble le trajet de jogging habituel de Darius depuis la maison. Son amie était d'accord pour tout, même pour parcourir à pied une partie de l'ancien chemin des douaniers de Port-en-Bessin à Arromanches. Magali la prenait dans ses bras à tout bout de champ, elle avait besoin de se raccrocher physiquement à quelqu'un. Elles arrêtaient même les joggeurs pour leur décrire Darius : un Indien, en short Umbro, en T-shirt gris, avec des chaussures qui se voient depuis la lune ?

Le surlendemain, Magali s'est rendue en chair et en os à l'antenne de gendarmerie de Trévières, certaine que la machine allait se mettre en marche maintenant, après quarante-huit heures d'absence, puisqu'il était parti sans rien, à moitié nu, que ce n'était pas un vagabond, qu'il était marié, avec deux enfants et un travail. Elle pensait qu'on allait le chercher pour de bon maintenant, sans désemparer, qu'une enquête administrative se mettrait en place, procédurière mais efficace, qu'on inspecterait les mouvements de son compte, les endroits où son téléphone avait borné, qu'on dépouillerait les listes des passagers qui avaient pris l'avion à Caen, qu'on prendrait langue avec les ambassades et les consulats – bref, qu'on lui ramènerait Darius entre deux gendarmes. Mais on lui a encore répondu que c'était un adulte, libre d'aller et de venir, et que, s'ils s'étaient disputés, il ne voulait peut-être plus la voir. L'agent en poste ce jour-là l'avait formulé aussi abruptement que ça, et elle s'était mise à bégayer, à pâlir, en se demandant s'il pouvait avoir raison. Darius était peut-être parti de son plein gré. Pourquoi refusait-elle de voir l'évidence ? Forcément, sinon on aurait retrouvé le corps à proximité de la route, fauché par l'automobiliste qui avait pris la fuite, ou sur le chemin des douaniers, foudroyé par un arrêt cardiaque, ou au pied de la falaise de laquelle il venait de tomber. Un cadavre ne disparaissait pas ainsi.

Le planton de service lui avait suggéré de déposer une main courante pour dater les faits. Il n'y avait pas matière à porter plainte, alors il lui proposait de faire un peu de papier. Elle s'était assise du bout des fesses, l'avait laissé consigner les circonstances de la disparition, le jour, la tranche horaire, ses itinéraires de « jog' » habituels, puis, comme elle ne partait pas, ne pouvant croire que l'interrogatoire était fini, que ça puisse être tout, le gendarme avait posé les mains à plat sur le bureau entre le tapis de souris et la bannette, les pectoraux tout ronds et gonflés dans le berceau de ses bras, comme deux petits seins qui auraient poussé d'un coup sous le tricot bleu, et lui avait dit dans les yeux, sans méchanceté, pour qu'elle comprenne bien :

— Disparaître n'est pas un délit, Madame.

Je sais que ce n'est pas marrant ce que je suis en train de vous dire, mais ce n'est pas un délit, vous comprenez ?

En sortant, Magali avait appelé ses beaux-parents à Delhi pour leur demander s'ils savaient quelque chose, coup de fil qui n'avait fait que lui ajouter le stress de *Mum* et *Papaji* à gérer, en anglais, par téléphone, à 7000 kilomètres de distance. Alors elle s'était remise à sillonner les routes sur lesquelles Darius avait pu passer, empruntant d'autres itinéraires auxquels elle n'avait pas songé.

Plus tard, elle avait appris que les gendarmes avaient fait leur tour de ronde en suivant les parcours indiqués, fureté un peu dans les fossés comme elle, au doigt mouillé, qu'ils avaient même jeté un œil du côté du sémaphore de Sainte-Honorine-des-Pertes, parcouru le chemin des douaniers eux aussi.

Elle se souvient qu'Albane n'avait que trois mois à l'époque. Sa fontanelle était visible, la membrane pulsait encore comme un cœur minuscule.

C'est le maître d'Émilien qui s'occupe de l'entrée des enfants aujourd'hui, posté en haut de l'escalier avec la gardienne. Il indique de la main à Magali qu'il souhaiterait lui parler. Elle le rejoint avec Albane dans les bras tandis qu'Émilien file dans sa classe. M. Lafitte confie la surveillance à la gardienne, fait entrer Magali à l'intérieur, à l'écart du flux des enfants et des parents qui vont et viennent. Il dessine quelques enjambées théâtrales à reculons dans le couloir en l'invitant à la suivre jusqu'au présentoir des cahiers de liaison pour ne pas encombrer le passage.

— Est-ce que vous avez lu le mot que je vous ai laissé vendredi ? demande-t-il à voix trop basse.

— Pardon, je n'ai pas regardé.

— On ne va pas se parler entre deux portes, hein, mais je suis un peu inquiet pour Émilien. Il me suit partout, il est tout le temps dans mes pattes. Et quand il faut s'asseoir pour le rassemblement, c'est l'inverse, il court dans tous les sens, il me répond, il provoque des rires intempestifs. Il me fait une vie pas possible, quoi. Je ne peux pas le laisser me phagocyter. Il y a vingt-sept enfants dans la classe. À la rentrée, c'était un enfant qui tournait bien, c'est pour ça que je m'inquiète.

Elle approuve en hochant de la tête, pour lui montrer qu'elle comprend, qu'elle est à son écoute.

— Émilien a mordu un enfant de la classe à la joue hier. Chez les petits, ça peut encore arriver, mais pas chez les grands. À la joue ! Il a été puni, il vous en a parlé ?

— Non.

Elle change Albane de bras, repousse la main que sa fille essaie d'enfoncer le plus loin possible dans son visage.

— Qu'est-ce que vous comptez faire ? demande-t-elle pour abréger.

— C'est vous qui devriez vous poser la question, non ?

De toutes les réponses possibles, elle a choisi la pire. Il y avait de la prudence et de la fermeté dans la voix du maître jusqu'alors. Elle entend la pointe d'irritation maintenant, indiscutable.

— Pardon, j'ai dit ça pour parler.

— Vous entendez ce que je vous dis au sujet d'Émilien, n'est-ce pas ?

Il se tait suffisamment longtemps pour qu'elle se souvienne que le départ de Darius est probablement de sa faute, qu'elle n'a pas su le retenir, qu'elle n'entend plus ses enfants pleurer la nuit, qu'elle a failli les tuer en voiture tout à l'heure.

— J'en ai discuté avec la directrice et, d'un commun accord, on en a touché un mot à la psychologue scolaire, Mme Cossé.

Un flot de honte monte au visage de Magali.

— Elle est venue observer Émilien en classe, poursuit-il. Vous vous souvenez, je vous avais proposé de la rencontrer ?

L'envie de mourir se précise. On a fait venir la dame pour observer son fils à son insu. Dans la classe, au milieu des autres enfants, elle a observé Émilien. S'ils appellent du renfort, c'est que Magali ne peut plus assurer seule.

— Je pense que ce serait bien que vous la voyiez. Elle peut venir ce soir à la sortie des classes. Est-ce que vous êtes libre à 16 h 30 ? Sinon, ça peut aussi être un autre jour, mais comme elle est dans le secteur aujourd'hui, j'ai pensé que ce serait bien.

Magali se touche machinalement le cou en hochant la tête. La gorge qui gratte, la soif, la sensation de froid quand elle inspire. Elle va perdre sa voix, les symptômes sont là : la maladie du guide, à trop parler contre le vent, à vouloir garder à tout prix les clients dans sa sphère d'attention. Il n'y a que la cortisone qui fonctionne dans ces cas-là, elle fouillera dans la pharmacie de son sac tout à l'heure, avalera quatre comprimés de Prednisolone.

En rejoignant la sortie avec Albane, Magali veut saluer la gardienne mais sa voix se détimbre déjà. Neuf mois. Elle attache sa fille dans le fauteuil, s'assoit derrière le volant, incapable de redémarrer. Elle a hoché la tête pour dire oui, bien sûr. Vous avez raison, je comprends. Elle viendra au rendez-vous. Vous avez bien fait. On lui a pris son mari et maintenant on va lui retirer ses enfants puisqu'elle n'y arrive plus. Je serais ravie de la rencontrer. On va les lui enlever puisque son fils mord ceux des autres. Merci de m'avoir prévenue. On lui dépose des pierres dans les poches, on la fait pivoter sur elle-même par les épaules, une grande tape dans le dos : va ! Va trouver un lac pour te foutre dedans.

S'occuper du vétéran dans quelques heures est au-dessus de ses forces maintenant. Elle envoie un SMS à Sonia et à Bastien en espérant que l'un ou l'autre puisse la remplacer aujourd'hui. Elle redémarre lentement, très lentement, en se retournant au feu pour vérifier qu'elle a bien attaché Albane.

Le lendemain du dépôt de la main courante, Magali est retournée à la brigade. Elle a poussé la porte et, devant le comptoir mélaminé gris, les armoires à portes coulissantes, la table des prospectus de prévention, elle a senti poindre la menace : dans ces locaux, on risquait de la dévitaliser à petit feu. Ces hommes avec leur joli tricot en coton et les pièces de peau qui leur élargissaient les épaules ne comprendraient jamais ce qu'elle était en train d'endurer, trop habitués aux vols de scooters, aux divagations d'animaux, juste bons pour la viande saoule et le petit judiciaire.

Mais elle a rencontré un brigadier d'une quarantaine d'années qui l'a mieux écoutée ce jour-là, et lui a posé des questions en hésitant sur les mots. Ça l'a un peu encouragée de sentir son inquiétude légitime.

— Qu'est-ce qu'il fait dans la vie, votre mari ?

— Il est développeur informatique.

Elle a énuméré toutes les habitudes contrariées de Darius, le fait qu'il n'était pas rentré, bien sûr, mais aussi qu'il ne s'était pas présenté à son travail, à la Coopérative d'Isigny, qu'il avait manqué son rendez-vous chez le kiné, qu'il était parti à pied, sans rien, ni clef, ni chargeur, ni carte bancaire, ni Carte vitale. Rien que son passeport.

— Il le gardait toujours sur lui.

— Pourquoi ?

— La peur des contrôles.

— En faisant son jogging ? C'est idiot, il aurait pu le perdre.

— Il le mettait dans la poche de son short. Elle ferme, elle est zippée. Je l'ai toujours connu avec son passeport sur lui, ça ne veut rien dire.

Le brigadier a embrayé sur ses habitudes, son emploi du temps, les lieux qu'il fréquentait, ses amis, ses connaissances. Il lui a demandé s'il avait des raisons professionnelles de disparaître, si leur couple fonctionnait bien, dans le salon, dans la cuisine, dans la chambre à coucher, si elle le soupçonnait de voir quelqu'un, s'il avait des raisons d'en finir, s'il était en dépression, s'il prenait des médicaments.

— Il n'avait pas de cancer, avait-il schématisé, il n'est pas allé se tirer un coup de fusil dans les bois, je veux dire ?

Il formulait l'hypothèse en se tenant de son côté, l'écartant vite, comme s'il n'y croyait pas non plus. Et puis il a accepté de prendre la disparition en « inquiétance », d'inscrire Darius au fichier des personnes recherchées, pour que tous les commissariats et gendarmeries soient informés. Elle lui a demandé ce que cela voulait dire, concrètement.

— C'est en cas de contrôle d'identité. Le fichier est partagé avec toutes les forces de l'ordre de l'espace Schengen.

Magali a hoché la tête pour montrer qu'elle était reconnaissante alors qu'évidemment, il lui jouait de la flûte lui aussi. Elle voulait qu'il lui parle de passer la côte au crible, réclame des vêtements pour les chiens renifleurs.

— Vous n'allez pas faire de battue ? elle a demandé pour ne pas regretter.

— On verra ce que dit la procureure, mais on n'en est pas encore là, Madame.

— Quand une femme disparaît en faisant son jogging, il y a toujours des recherches, non ? On en parle aux infos. Pour un homme, on ne fait pas ça ?

— On ne peut pas raisonner comme ça. Ça dépend. C'était quoi, la météo, mardi, déjà ?

— Il ne pleuvait pas.

— Il y avait du vent ?

— Un peu.

— Il faisait nuit quand il est parti ?

— Non, pas encore.

Le gendarme escortait sa frustration avec politesse et fermeté, alors Magali l'a quand même relancé sur le bornage du téléphone, prudente, en craignant de passer définitivement pour la fille qui regardait trop de séries.

— Faudrait pas s'emballer non plus avec le téléphone, hein. Les relais, en ville, il y en a tous les 250 mètres, mais à la campagne, c'est tous les 3 ou 6 kilomètres. Un portable peut facilement sauter un relais, donc vous voyez, ça fait vite une grosse différence dans le rayon de recherche.

Puis, comme elle ne partait pas, le regard du brigadier est devenu sombre et las, et il lui a rappelé, comme l'autre, que de telles disparitions arrivaient souvent. Douze mille par an, rien qu'en France. Dans l'immense majorité des cas, elles étaient volontaires.

— On croit toujours qu'il s'est passé quelque chose de grave, mais la plupart du temps, non.

Elle sentait, dans sa manière de le dire, qu'il avait peut-être été témoin de déceptions, d'abandons, de trahisons que le commun des mortels préférait ignorer.

— On ne connaît pas les gens, a-t-il ajouté. On ne les connaît jamais vraiment. Même ses propres enfants.

Il s'est tu avant de feindre un optimisme d'une infinie tristesse.

— Mais si ça se trouve, Madame, votre mari, il est peut-être déjà rentré au moment où je vous parle. Si ça se trouve, il est chez vous en train de boire une bière dans le canapé.

Magali longe le Centre équestre de Sully, pénètre dans Bayeux et se gare à proximité du Crédit agricole. Elle rejoint la banque à pied en ralentissant sa marche pour arriver en douceur devant la baie vitrée vert et rouge, prend le temps de jeter un œil à l'intérieur. Elle se hisse au-dessus des bandes qui matérialisent la surface, identifie qui est à l'accueil ce matin pour savoir si ça vaut la peine d'entrer. Elle pousse la porte avec Albane dans les bras, mère courage et son enfant, elle sera toujours plus convaincante avec sa fille calée sur la hanche. L'œil d'Anaïs a aussitôt enregistré sa présence, elle sait pourquoi elle est là. Magali se rapproche en s'étonnant encore de la rapidité avec laquelle le mobilier d'accueil a changé ces dernières années. À la banque, à la Poste, à l'aéroport, partout les comptoirs massifs, les guichets lourds, les meubles séparateurs, ont été remplacés par de fines consoles, des pupitres élancés, des îlots dont on se sentirait presque autorisé à faire le tour, avec des écrans qui pivotent facilement pour laisser croire qu'il n'y a rien à cacher, que tout est transparent, si bien qu'elle peut se tenir debout à côté d'Anaïs maintenant, cette jeune banquière dont elle a réussi à toucher la corde sensible, un peu ronde, très liante, en tailleur et chemisier sage, les escarpins en équilibre sur la barre du tabouret.

— Si je me mets sur la bonne page, c'est mieux, se gronde Anaïs devant son ordinateur.

Magali fait mine de se tourner vers l'écran pour regarder, mais c'est Anaïs qu'elle épie de biais, les fesses contre le dosseret, le sourire sain, les gestes calmes, la poitrine lourde et bien accrochée, des brillants aux oreilles. À cette distance, Magali peut observer jusqu'au duvet transparent qui feutre le haut de sa pommette près de l'œil, et elle se met à espérer des choses simples pour Anaïs, des enfants en bonne santé et un homme fiable à la maison, un mec bien, fidèle, honnête, qui connaisse sa chance, voilà ce qu'elle veut pour sa conseillère clientèle, elle le mérite, et ça l'émeut rien que d'y penser, il faut absolument qu'Anaïs soit heureuse.

— Vous êtes super jolie, crie Magali de sa voix bitonale.

Elle doit avoir l'air d'une folle.

— Merci, répond Anaïs en pivotant vers elle avec un sourire qui lui prend les yeux.

— Ça vous va super bien, insiste Magali en montrant ses brillants.

Anaïs est tellement vivante. Tout le matériel expressif de son visage est mis à contribution dans chacune de ses mines, Magali viendrait ici rien que pour le plaisir de la regarder.

— Alors, qu'est-ce que ça raconte ? reprend la conseillère en retournant à son écran, l'air détaché pour mieux tromper son monde.

Elle déroule le relevé en faisant non de la tête avec une grimace de désolation, puis son visage bascule doucement dans la surprise. Magali retient son souffle, scrute l'écran de traviole.

— Il y a eu une sortie ?

Albane gigote dans ses bras pour desserrer son étreinte.

— Oui, mais non. Il y avait une écriture bizarre que je ne comprenais pas, *Mutex-NSI*, mais c'est un prélèvement automatique. Comme il était isolé, ça m'a induite en erreur. Pardon. En plus, c'est pas une grosse somme. Je pense que c'est un prélèvement annuel que votre mari a dû autoriser il y a longtemps.

Anaïs est tellement embarrassée que Magali la tranquillise d'un geste.

— Je vérifie quand même, dit la conseillère, mais ça doit être une assurance ou un truc comme ça.

En sortant de l'agence, Magali se rend compte que la petite boule d'angoisse a durci dans son ventre. Les émotions se sont mélangées pendant les quelques secondes que durait l'attente. Quand Anaïs a confirmé son erreur, Magali a ressenti une déception indicible. Un mouvement de compte aurait confirmé ce qu'elle craint depuis le début sans pouvoir s'en défendre, que Darius est en vie et les a abandonnés.

Des semaines qui ont suivi la disparition, Magali ne se souvient que d'une attente fiévreuse. Les gendarmes ne la contactaient jamais, elle était toujours à l'initiative. Il fallait plusieurs tentatives avant d'être prise au téléphone, alors elle se déplaçait, presque gênée de les interrompre dans leur travail. Lucile disait que s'il avait été question d'une femme blanche, ils auraient agi différemment. Son amie semblait encore plus furieuse qu'elle par moments. Magali acquiesçait mollement, savait que les circonstances jouaient contre elle. On pouvait le prendre par n'importe quel bout : Darius avait quitté la maison après une dispute, son passeport dans la poche.

Alors elle a commencé à fouiller dans ses affaires pour trouver un indice. Avec un ou deux mots de passe qu'elle connaissait, elle a tenté de déverrouiller son ordinateur portable. Quand elle a déposé le MacBook Pro sur le bureau du brigadier, il le lui a rendu aussitôt, rétorquant qu'il ne ferait rien sans une perquisition. Depuis son propre ordinateur, elle a essayé de pirater sa boîte mail. Elle a fait des requêtes sur son nom dans Google, qui faisaient remonter des annuaires professionnels, l'association des anciens de la fac de Caen, le site de la Coopérative d'Isigny, un compte Facebook qu'il ne consultait plus depuis belle lurette. Elle ne savait pas bien elle-même ce qu'elle cherchait. En désespoir de cause, elle a traîné sur le Net pour lire des témoignages de proches confrontés à la même situation. Elle est allée se perdre sur des forums de discussion où elle a lu des histoires d'abandon sordides, confortée dans sa propre responsabilité par les commentaires péremptoires des internautes : *Un enfant n'a jamais retenu un homme – Si ton ami est allé chercher ailleurs, c'est qu'à la base il avait des manques, tu ne t'en es peut-être pas aperçue mais c'est une réalité – Ce n'est pas de tes enfants qu'il ne veut pas, c'est de la vie avec toi – Je te trouve juste binaire, les quittés sont des saints, les quitteurs sont des salauds, c'est tellement faux – Un jour ou l'autre on aime ailleurs – J'ai plus de respect pour celui qui quitte et qui reste sincère avec lui-même, que celui qui reste et qui enrage au fond de lui de passer à côté de sa vie.*

Magali s'est rapprochée d'une association qui portait assistance dans la recherche des personnes disparues. La dame au téléphone n'était pas étonnée de l'inertie administrative et du peu de démarches entreprises par les gendarmes. Il n'y avait pas d'enquête à proprement parler quand il s'agissait d'un majeur, à moins de prouver qu'il était en danger ou qu'il avait pu disparaître contre son gré. Elles ont regardé ensemble s'il y avait un moyen de faire passer l'affaire au pénal, seule manière d'accélérer le processus, mais Magali n'avait rien pour déposer une plainte contre X pour enlèvement ou séquestration. Il n'y avait aucun guichet pour son problème.

Elle a appelé les amis de fac de Darius, qui n'étaient au courant de rien bien sûr, n'avaient pas eu de contact avec lui récemment, et pour qui Magali devait parcourir à nouveau l'épuisant récit de ces derniers jours.

Puis elle est passée à l'improviste à Isigny dans l'espoir de rencontrer les collègues de Darius. La responsable des ressources humaines l'avait appelée sur le fixe de la maison pour prendre des nouvelles quand il ne s'était plus présenté. Un collègue de son mari, Tancrède, l'avait accueillie en se demandant à voix haute ce qu'il devait faire, la conduire ou non à la direction, puis s'était décidé à la présenter d'abord aux camarades, comme il disait. Magali avait ressenti une émotion imprévue en découvrant l'espace de travail de Darius, qu'elle n'avait jamais vu avant ce jour. Elle était restée figée devant le siège ergonomique, la surface noire de l'écran plat au-dessus duquel il avait scotché, par dérision, de vieilles lunettes 3D en plastique rouge et vert, le repose-main fixé au clavier, le *stand* métallique pour surélever l'ordinateur portable, une petite figurine parlante du maire de Baltimore dans *The Wire*, une réplique de pot à lait aux armes de la Coopérative où il rangeait ses stylos, tous ces objets immobiles et muets, saturés de silence. Une pensée affreuse lui avait alors traversé l'esprit : elle ne connaissait pas cet homme avec qui elle avait fait deux enfants. En même temps que les larmes gonflaient derrière ses yeux, elle s'était redemandé ce qu'elle cherchait ici. Non, bien sûr, les collègues de Darius n'avaient rien remarqué d'anormal dans son comportement. Non, il n'avait pas l'air malheureux. Non, il ne leur avait rien dit de spécial. Ils n'avaient que leur embarras à lui offrir et c'était déjà beaucoup. Elle était la compagne du type dont on avait repris les tâches parce qu'il fallait bien avancer dans la refonte du service client, l'épouse de l'homme qui avait disparu, celle qui faisait douter de la solidité du socle sur lequel toutes leurs existences reposaient.

Puis les gendarmes lui ont appris que la procureure avait autorisé des perquisitions qui n'avaient rien donné. Le téléphone de Darius ne déclenchait plus. Cela pouvait tout et rien dire, ne fermait aucune porte. Il pouvait l'avoir éteint volontairement, l'appareil s'être cassé, avoir été volé. Les types de Trévières avaient même sorti l'hélicoptère, fait appel à leur groupement de gendarmerie pour survoler la côte, en vain. Ils avaient demandé un relevé de son compte bancaire, sans résultat non plus. Personne de ce nom n'avait pris l'avion à Caen. Magali ne pouvait même plus leur reprocher quoi que ce soit.

Alors la culpabilité l'a rongée davantage, nourrie par les maladresses des uns et des autres, celle de ses parents en particulier : « Mais t'as rien vu venir ? T'as vraiment rien remarqué ? » La belle question. Elle agaçait son père par son silence et ses réponses évasives, lui, si rationnel, qui tenait un problème bien posé comme à moitié résolu. Il devait y avoir une logique à tout cela. Dès que la conversation se prolongeait un peu avec sa famille, ses collègues guides, chacun finissait par sous-entendre qu'elle détenait la clef du mystère sans le savoir, qu'elle avait raté un signe dont elle finirait par se souvenir. Alors elle a commencé à s'isoler, à esquiver, à espacer les visites, parce que des questions, justement, elle s'en posait sans fin. Est-ce qu'il avait couru sur la falaise et s'était approché trop près du bord ? Un photographe était mort comme ça, il y a quelques années, en se reculant pour une photo, le corps avait été long à retrouver. Est-ce qu'il avait aimé ailleurs ? Rien que de penser à l'adultère et à son organisation sordide, aux rendez-vous, aux appels qu'on masque, aux clichés habituels de la double vie, aux hôtels deux étoiles, aux caresses dans la voiture sur le bord de la route, elle en avait des palpitations. Il aurait couvé son départ depuis plusieurs mois, l'aurait planifié pour disparaître sans laisser de trace, avec la complicité d'une femme ? Le mot est faible. D'une maîtresse ? Il avait toujours du liquide sur lui, il aurait pu partir avec une belle somme dans la poche de son short. Jusqu'où peut-on aller avec un passeport et de l'argent ? Loin. Elle s'est volontairement perdue dans toutes sortes de combinaisons possibles, se glissant dans la peau d'un Darius inconnu, se demandant ce qu'elle ferait elle-même si elle avait à manigancer son propre départ, si elle avait festonné autour d'elle une vie d'apparence et de mensonge.

Elle a revisité jusqu'à leur rencontre à Caen il y a des années, lorsqu'elle était sur le point d'abandonner médecine. Elle avait redoublé sa première année et commençait à douter après le concours de janvier, lassée de récupérer son classement sur Internet chaque mardi après les colles, épuisée des trente heures de cours hebdomadaires donnés par des professeurs qu'elle ne voyait jamais, à moins d'arriver sur le campus à 7 heures le matin pour se garantir une place dans l'amphi Fresnel, le seul où l'on avait la chance de respirer le même oxygène qu'eux, réduite le plus souvent à écouter la voix de son maître dans une autre salle, devant des pdf projetés sur le mur.

Sous la charge des révisions, la moindre sortie, le moindre verre la plongeait dans des affres de culpabilité. Darius et elle n'avaient aucune chance de se rencontrer, la faculté de médecine se trouvait sur le Campus 1, l'école d'informatique sur le 2. Il avait fallu une soirée chez une connaissance de sa colocataire, pendant le carnaval, pour que leurs trajectoires se croisent. Magali avait failli ne pas venir, n'avait cédé qu'après deux heures de chantage affectif de son amie. Plus tard, elle avait surmonté sa réserve naturelle en acceptant d'être la meneuse d'une partie de *Loup-garou* chez cette fille qu'elle ne connaissait pas, et s'était retrouvée au milieu d'un cercle de dix personnes par terre et sur le canapé, qui obéissaient à ses appels, fermaient les yeux à tour de rôle et se réveillaient sur commande. Elle avait appelé le Voleur et c'est Darius qui avait levé les paupières, Darius qu'elle avait repéré depuis son entrée dans l'appartement, le dos bien droit dans son polo trois boutons, le sourire lumineux, et c'est là, après avoir endormi tous les Villageois, quand ils n'étaient plus que tous les deux à se regarder, dans l'intensité qu'ils ont mise à se dévisager à l'insu de tous, qu'elle a eu envie de sortir avec lui. Il était d'une beauté si inattendue quand il souriait, si vivante. Un dialogue emblématique dans la famille de Magali était resté dans les mémoires. Sa grand-mère maternelle, qui habitait à Omonville-la-Petite, avait dit un jour à propos d'une voisine :

— Elle n'est pas d'ici.

— Ah bon ?

— Elle est d'Omonville-la-Rogue.

Le village d'à côté. L'expression « elle n'est pas d'ici » était restée, servie à toutes les sauces, les faisant rire à chaque fois.

Darius n'était pas d'ici et ça faisait du bien.

Une heure plus tard, la petite bande avait rejoint le centre-ville congestionné, le carnaval de Caen et les vingt mille étudiants de l'agglo. Il avait fallu une heure pour parcourir les deux cents mètres de la rue Écuyère. Elle était restée collée à lui pour ne pas être écrasée, prenant déjà la mesure de sa mystérieuse force physique par sa capacité à lui ménager un peu d'air, les doigts écartés sur la poitrine de types qui faisaient bien une tête de plus que lui. À l'époque, elle aurait été capable de réciter dans l'ordre tous les bars de la rue : *La Rhumba*, *La Tour Solidor*, *Le 23*, *Le Broc* qu'elle n'aimait pas à cause du serveur qui oubliait de rendre le billet de dix quand il faisait la monnaie sur vingt, et puis *Le Vertigo*, qui se prenait pour un bar de Vikings avec ses tables en bois massif suspendues à des chaînes, devant lequel elle l'avait embrassé.

Des années plus tard, quand il lui pétrirait les

pieds devant la saison 4 de *The Wire*, à la faire chavirer de bien-être, elle se souviendrait encore de la puissance musculaire de ses mains qui leur frayait un passage rue Ec', du trouble suscité par cette force cachée que rien ne laissait présager. La musculature de Darius n'était pas ciselée, explicite, elle consistait en un gainage secret, intérieur, proche de l'os. La vraie vigueur, sans chiqué. Deux doigts lui suffisaient pour la maîtriser lorsqu'ils chahutaient. Quand il joggait dans son short Umbro, elle le savait capable de courir jusqu'à la brûlure, jusqu'à la mort physique, la suffocation, celle qui te laisse par terre, sans salive, le cœur au bord de la rupture. De quoi avait-il voulu se protéger ou les préserver ? Après quoi courait-il ? À quelle dette, quelle honte, quelle faute, aurait-il dû échapper au point de devoir les abandonner tous les trois ?

Ou alors, et c'est l'hypothèse qui lui répugne le plus, elle s'est effectivement trompée sur son compte depuis le début. Dans l'un de ses scripts imaginaires, il a rejoint le *resort* d'Abhishek, son ami d'enfance, dans les contreforts du Tibet, et elle finira par l'apprendre. Il l'appellera avec une désinvolture meurtrière pour le lui dire. Voilà vers quoi il s'est mis à galoper ce jour-là. Vers la vie, vers les montagnes, vers son pays natal, parce que ses enfants et elle étaient impuissants à le combler, qu'il n'était pas fait pour vivre là, à Colleville, qu'il se sentait dépérir, déphasé, hors sol, loin de l'Inde et de ses excès. Parce que c'était un homme déplacé et qu'il avait compris qu'il le resterait toujours, ici.

Son absence a fini par contaminer tous les souvenirs de Magali. Elle s'est repassé interminablement le film des jours précédents, de leurs conversations, sans qu'aucune explication ne parvienne à la convaincre complètement, étourdie par toutes les hypothèses qu'elle envisageait les unes après les autres, à bout de suppositions, colonisée par tous les scénarios possibles. Elle a cerné les éléments du drame un à un, la dispute, le footing, le portefeuille resté sur la crédence, le passeport et le téléphone dans la poche, de l'argent peut-être, jusqu'à ne plus rien ressentir ni comprendre, jusqu'à ce que la question demeure seule, nue et méchante : qu'est-ce qu'elle n'a pas vu ? Les autres ont raison, il y a forcément un sens à tout cela. L'idée a cheminé, insidieuse – c'est la leur –, qu'un détail lui a échappé, auquel elle n'a pas été attentive.

Elle dépose Albane chez sa nounou à trois rues de là, en s'étonnant de sa capacité à mimer encore les gestes de la vie, comme si quelqu'un s'était mis à accomplir les mouvements à sa place depuis neuf mois, écrasée par la charge domestique qui l'assomme en même temps qu'elle la maintient du côté des vivants. Les parachutistes du 82e étaient ébahis de voir les paysans continuer de travailler dans les champs autour de Sainte-Mère-Église bombardée. Elle devine maintenant ce qui peut l'expliquer, surprise par la force d'inertie de l'intendance quotidienne et par l'asile provisoire qu'elle lui offre. Elle ressent un pincement d'anxiété au moindre ralentissement, dès que ses pensées vagabondent. Pendant un arrêt à un feu qui s'éternise, seule dans sa voiture, la question revient toujours : qu'est-ce qu'elle n'a pas vu ? Qu'est-ce qui lui a échappé ? La question est assise à l'avant de la voiture pendant chaque trajet, tapie derrière chaque arbre, chaque haie. À la maison, elle l'accompagne dans chaque pièce. La nuit, si elle entend du bruit dans la cuisine, elle se dit qu'elle va la surprendre en train de chercher quelque chose à manger dans le frigo. Elle porte en elle la question comme elle a porté ses enfants.

Le panneau à cristaux liquides indique vingt-quatre places restantes dans l'allée 2. L'hyper a des allures de terminal d'aéroport avec sa baie vitrée turquoise qui dédouble le ciel et la proximité immédiate du château d'eau qui devait tenir lieu de tour de contrôle dans l'imagination malade de l'architecte.

À cette heure matinale, le magasin est presque vide, les linéaires intacts. Magali parcourt rapidement le rayon puériculture sans trouver ce qu'elle cherche. Sms de Sonia qui ne peut pas prendre son vétéran. Nouveau message à Bastien, qui ne lui a pas répondu. Il est en dette, elle l'a remplacé plusieurs fois sur ses jours de repos. Elle sort de la grande surface pour rejoindre la galerie marchande, hésite à solliciter Lucile une fois de plus, extrait son téléphone sur le point de le faire, renonce.

Magali se dirige vers l'extension, va chercher du

côté de l'électronique et du multimédia. Depuis que leur père n'est plus là, Émilien et Albane la suivent partout dans la maison comme une portée de canetons. Deux petits crampons accrochés à elle. Magali ne peut plus changer de pièce. Elle sait très bien ce que le maître d'Émilien vit en ce moment quand il dit que son fils lui colle aux basques. Elle aussi, elle a peur d'être abandonnée à nouveau. Elle a appris en mai que le brigadier de Trévières avait demandé sa mutation, et elle a craint de devoir recommencer à zéro avec son remplaçant, d'avoir à tout réexpliquer, mais ça allait bien au-delà, c'était plus viscéral, une peur panique d'être quittée à nouveau.

Elle déambule en vain dans les rayons, se déporte sans le vouloir dans la zone des écrans plats, des enceintes et de la mobilité électrique. Cette partie de l'enseigne n'est pas immense mais elle ne se repère pas. Magali n'arrive plus à se concentrer sur les bannières, doit les lire plusieurs fois pour les comprendre, tâtonne sur sa doudoune pour vérifier la présence de ses clefs, de son portefeuille, comme si elle avait besoin de se rassurer sur sa propre existence, d'en palper quelques preuves tangibles. Elle se retourne pour chercher des yeux la petite ligne de caisses, elle est entrée par là, pourquoi son cœur se met-il à battre comme ça ? Qu'est-ce qui ne va pas avec toi, ma fille ? Un vendeur marche dans sa direction, un homme au crâne rasé et à la barbe laineuse. Ses bras noircis de tatouages lui dessinent deux manches sales jusqu'aux poignets. Il ne semble pas très occupé alors elle parvient à lui faire un signe de la main. Elle doit avoir l'air pitoyable avec ses cernes et son filet de voix. L'employé se rapproche pour essayer de comprendre ce qu'elle dit. Magali lui parle presque à l'oreille, si près qu'elle peut distinguer le grain de sa peau. L'homme lui fait signe de la suivre et elle se met en remorque, collée à ses fesses pour ne pas le perdre alors qu'il n'y a personne autour. Il trouve les écoute-bébé, lui tend une boîte, sourit devant la sincérité de son soulagement.

— Ça marche avec des piles ou c'est sur batterie ?

Il n'a pas compris. Elle répète en poussant la voix. Elle s'aperçoit qu'il s'aide en essayant de lire sur ses lèvres. Cette sensation, oubliée, d'absorber toute l'attention d'un homme. Il reprend la boîte, la retourne dans tous les sens, déballe le paquet. On dirait un type qui s'est perdu lui aussi, qui n'a pas réussi à vivre de sa musique ou de son ébénisterie, un intermittent du spectacle en rupture de ban, fatigué de porter des *flight cases*, qui se serait décidé à prendre un boulot pendant quelques mois pour rouvrir ses droits à Pôle Emploi, le provisoire qui dure, ou alors il a eu un enfant et s'est fait rattraper par le principe de réalité, comme tout le monde.

Il est touchant et ridicule à la fois dans sa petite jaquette bleue qui ne colle pas avec ses tatouages et les mots en runique sur son bras. Elle a remarqué qu'il y en a de plus en plus, des comme lui, des contrôleurs de TER avec des tunnels d'oreille, des agents immobiliers avec un clou dans la langue, des flics avec des barbes de hipster. Elle ne lui donne pas cinq ans avant que ça fasse de la peine, mais justement, tout de suite, c'est ce qui le rend sympa et presque séduisant, ce renoncement, ce gilet d'épicier sur les tatouages de sa vie d'avant. Il éparpille les pièces ensachées sur un rayonnage, extirpe les unités jumelles du babyphone. Leur design arrondi et leurs antennes recourbées font penser à deux talkies-walkies pour enfants. Un collègue passe et s'adresse à Magali :

— Je vous demande juste une chose, Madame, c'est de ne pas lui faire confiance.

— Tiens, justement, on parlait pas de toi.

Deux copains qui auraient réussi à créer leur propre écosystème au boulot. Magali les écoute se vanner à ciel ouvert devant elle, heureuse d'être là tout à coup, avec ces types qui ne savent rien de son histoire. Ils la regardent normalement parce qu'ils ignorent qu'elle est la femme d'un homme disparu sans laisser de trace, qu'elle a rendez-vous avec la psychologue scolaire à 16 h 30, qu'elle carbure aux anxiolytiques et aux hypnotiques. Elle se dit que sa voix cassée lui donne peut-être même un avantage, un timbre fêlé de grosse fêtarde, une voix d'après-concert, et elle se met à sourire. Toute l'expressivité de son visage passe dans ses yeux, ça lui donne des airs de fausse timide, elle espère dégager un truc cool, elle aussi. Magali a l'envie tordue de boire une bière maintenant, à 10 heures du matin, de prendre un pot en riant bêtement avec ces deux idiots, de se jeter des demis dans la rue de la soif, à Bayeux, au milieu des étudiants qui se roulent du Drum avec un sac de facteur en bandoulière. Elle voudrait ne plus rien avoir à se reprocher pendant une heure, libre et insouciante. Elle se prend à se toucher les cheveux, c'est n'importe quoi. Son vendeur continue de se familiariser avec l'appareil – veilleuse, clip ceinture pour utilisation nomade, niveau de sensibilité, portée nominale à 330 mètres à l'extérieur –, et comme elle a l'air de prendre plaisir à leur petit numéro, son collègue remet deux balles dans la machine.

— Les piles ne sont pas fournies, mais vous en trouverez à proximité de Benoît, notre hôte de caisse.

Le vendeur barbu la prévient comme si son copain n'était plus là :

— Il est tout le temps de bonne humeur. Il est du matin. Je vous jure, ce que je vis, je ne le souhaite à personne. Il n'est pas méchant, hein, c'est pas ce que je dis, mais il a une vie intérieure très riche. Allez, laisse-nous, toi, retourne en clientèle.

L'autre repart comme il est arrivé, et maintenant qu'elle a été complice de leur échange, l'homme se sent autorisé à lui demander pourquoi elle a besoin d'un babyphone, si c'est aussi grand que ça, chez elle.

— Je n'ai pas entendu ma fille pleurer, cette nuit.

— Et votre mari ?

— Il est sourd.

Comme il n'a pas entendu la réponse, elle se rapproche à nouveau.

— Il est sourd.

Le téléphone de Magali vibre dans sa poche. Bastien. Elle fait un geste d'excuse de la main, elle doit prendre cet appel.

— *J'ai eu ton message. Le problème, c'est que je viens d'avoir Béatrice*, explique son collègue au bout de la ligne.

Il va la planter, elle le sent tout de suite.

— *J'avais déjà dit oui à Béatrice avant de lire ton texto.*

Elle est certaine du contraire. Il la lui fait à l'envers, comme d'habitude. Elle n'arrive pas à se défendre au téléphone. Elle adresse une grimace contrite à son vendeur en marchant à reculons, avec un geste désolé de la main, s'éloigne à regret, règle son achat en continuant d'écouter les faux-fuyants de Bastien dans l'écouteur, force sur ses cordes vocales pour lui demander où il se trouve en ce moment. Batterie de Longues-sur-Mer. Il sera à Omaha dans une quinzaine de minutes, le spot suivant.

En roulant vers Omaha, elle recompte, furieuse. Trois fois elle a remplacé Bastien sur ses jours de repos cette saison.

La valleuse de Colleville-sur-Mer ressemble à la Suisse normande, douce et verdoyante. Les vaches paissent le long de la route du Capitaine Joe Dawson. Sa maison est toute proche, elle pourrait se garer dans son allée et rejoindre la plage à pied, en voisine.

Magali passe sous le minuscule portique du parking, descend jusqu'au terre-plein troué de nids-de-poule, se gare à côté du minibus de Bastien. Elle descend le chemin qui dessert Omaha à travers la verdure serrée de la dune, déboule sur le sable blond dans la lumière puissante, éblouie par le soleil automnal, la tranquillité large de l'océan. Les vagues sans force viennent friser sur le sable. Magali jette un coup d'œil circulaire, repère le groupe de son collègue. Là, à une centaine de mètres sur la grève : une dizaine de personnes à contrejour, des anoraks aux couleurs impossibles.

Magali marche pour les rejoindre dans l'air épais qui gomme les contours. En été, ils viennent ici pour se baigner. Omaha est redevenue cet amour de petite plage qui trompe son monde. Elle sent que sa colère s'est émoussée dans le vallonnement paisible de l'arrivée, la douceur sucrée des ajoncs, alors elle s'excite mentalement contre Bastien pour se remobiliser. Il est en train de pointer du doigt un bunker fondu dans la végétation. Elle l'entend expliquer en anglais que la forme concave de la plage a profité aux Allemands, qu'ils n'étaient que six cents pour défendre six kilomètres de rivage, mais qu'avec une mitrailleuse, même un soldat inexpérimenté s'en serait sorti.

— *It's like shooting fish in a barrel, you know.*

Aussi facile que de pêcher un poisson dans un tonneau, elle l'a déjà entendu prononcer cette expression, il doit l'employer à chaque fois. Il fait participer son groupe en débitant sa petite marchandise, demande aux uns et aux autres s'ils préféreraient débarquer à marée haute ou à marée basse. Haute, bien sûr, parce que cela fait moins de distance à parcourir à pied. Ils sont tombés dans le panneau. Les Alliés ont débarqué à marée basse pour que les obstacles de Rommel soient bien visibles.

— *But German obstacles saved the GI's !*

Les Américains se cachaient derrière, etc. On dirait qu'il s'est donné la mission d'incarner le jeune guide enthousiaste et dynamique, capable de tenir ses auditeurs en haleine des heures durant. Il a bientôt fini, il en est aux 32 tanks amphibies qui ont coulé dans la Manche, évoque les 27 qui y sont toujours. Il ouvre le lutin dans lequel il a glissé des photocopies couleur des Sherman sous l'eau, verdis par les algues. Profitant de la pause pendant laquelle le groupe s'ébat quelques minutes sur la plage, Magali le supplie dans un filet de voix :

— Me laisse pas tomber, je t'ai écrit avant Béatrice.

— Je lui ai déjà dit oui, je suis vraiment désolé. Je ne peux pas me décommander maintenant, tu sais comment elle est.

Le regard de Bastien s'échappe vers la dune. Il ne semble même pas étonné qu'elle soit venue le trouver là, en plein circuit. Qu'est-ce qui la rend si négligeable ? Magali a peur tout à coup, comme dans le magasin, tout à l'heure. Elle vérifie encore la présence de ses clefs et de son portefeuille. Peut-être suffirait-il qu'on la regarde pour que son existence lui paraisse moins incertaine, comme les deux types en gilet tout à l'heure. Elle ne réclamait pas l'attention, avant, elle était solide, robuste. Darius est parti et je me suis éteinte, pense-t-elle soudain.

— Tu veux que je le prenne dans mon groupe ? demande Bastien.

Elle le regarde, incrédule.

— C'est un vétéran, tu sais bien que tu ne peux pas le prendre dans un groupe.

Il n'avait pas compris ça. Il fait l'idiot, les yeux écarquillés. Un soldat du 6 juin, en plus ! C'est trop bête, mais il s'est déjà grillé avec l'agence *Overlord*, il ne peut pas se mettre à dos *June 44*. Il essaie de faire son trou, il est jeune, elle sait bien qu'il rêve d'être cédéisé. Elle a déjà bossé pour *June 44*, elle les connaît. Au début, ils te traitent correctement, te payent les heures de déjeuner pour que tu les passes avec les clients, t'as une prime de langue étrangère, une prime de dimanche, alors la saison suivante, t'as confiance, tu commences à bosser sans contrat, et quand le papier arrive, six semaines plus tard, tu te rends compte que les conditions ont changé, les heures ne sont plus comptées pareil, les primes ont disparu. Sauf qu'il est trop tard, les autres agences t'ont remplacée, t'es plus titulaire, la saison a commencé, t'es coincée. Elle souhaiterait presque que ça se passe ainsi pour Bastien tellement elle est déçue.

— Je vais me débrouiller, dit-elle. Pas de souci.

Même les mots mentent. Même eux sont devenus transparents. Qu'est-ce qu'il lui prend de parler comme ça ? Pas de souci. Elle ne réfléchit plus à ce qu'elle dit, les mots sortent tout seuls de sa bouche. *Oh Darius, mon amour.* Une très lente salve de mitraillette retentit. Elle tourne la tête, apeurée par le bruit dans la nuit de l'instinct, aperçoit deux cavaliers qui ont mis leur monture au galop dans les vagues. Le battement de leurs sabots projette des gerbes de sueur blanche irisées. Elle plisse les yeux, brûlée par la réverbération, se détourne pour ne pas se dissoudre dans la lumière.

Elle grimpe jusqu'au *Normandy American cemetery and memorial*, en surplomb d'Omaha, elle y trouvera peut-être un collègue pour la remplacer, le parking est leur point de rendez-vous, leur machine à café symbolique. Quand elle a commencé à tourner avec ses premiers clients, il y a dix ans, elle voyait des guides lâcher leur groupe à l'entrée du cimetière avec la consigne de revenir au minibus dans quarante-cinq minutes, et elle s'était promis de tirer l'échelle le jour où elle en serait là, rendue à abandonner ses clients pour taper la discute avec les autres sur le parking, debout au milieu des véhicules, entre les sanitaires les plus fréquentés de Normandie et l'entrée du jardin des Disparus. C'est ce qu'elle se disait pour ne pas voir son étrange réserve, qui ne l'empêchait pas de parler en anglais en public, mais lui faisait garder des distances avec les consœurs et les confrères. Et puis un matin, fatiguée, en prise avec un groupe désagréable, pas généreux, elle a accepté une barre de Kit Kat, à moitié assise dans le véhicule, les jambes déroulées sur le macadam. Elle a rigolé aux bêtises qui passaient dans l'air, découvert le plaisir de la pause entre collègues du bâtiment. Elle a vite trouvé de l'attrait à ces liens faibles, ces retrouvailles informelles et changeantes, ces conversations intriquées pendant lesquelles on se refile les trucs pour faire grimper les pourboires, on taille les concurrents qui bossent sans licence, les patrons maniaques de la propreté des véhicules, les clients ingérables, les René-la-science et autres divas qui prennent les guides pour leurs assistants personnels. Elle a pris plaisir à claquer des bises elle aussi, à partager son thermos de thé, à entendre ses artères se durcir en grignotant des cochonneries, à faire le guet pour ne pas être attrapée par les gardiens. Elle sait mieux que personne qu'il est interdit de manger sur le parking. Qu'un agent la surprenne et elle peut se voir refuser l'accès au cimetière, ça s'est déjà vu. Être banni du mémorial, ça veut dire mettre la clef sous la porte, tous les touristes veulent voir le cimetière américain de Colleville-sur-Mer, mais elle a pris goût à ce danger-là aussi, gonflé par leur imagination à tous, ce besoin de se sentir vivants à proximité des cadavres innombrables.

Ils sont une petite dizaine à tenir le parking aujourd'hui, à socialiser entre les portes coulissantes ou à passer des coups de fil. Lucile vient à sa rencontre avec son teint de porcelaine, son port de princesse hongroise en civil, des fils d'une blancheur éclatante dans ses cheveux noirs, déconcertante avec sa mise jeune et *girly*, son petit sac à dos rose et son jean à sequins. Magali lui raconte la nouvelle déception que lui cause Bastien.

— C'est une merde, dit Lucile.

Après la disparition de Darius, les autres guides riaient un peu moins fort en la voyant arriver, lui serraient l'épaule ou lui frottaient rapidement le dos en l'attirant contre eux dans un *hug* rapide et convenu. Les semaines passant, ils ont commencé à éviter le sujet, ne sachant pas s'ils avaient raté un épisode depuis la dernière fois, si son mari était mort ou vivant finalement. Magali a senti que le mystère qui entourait l'absence de Darius déteignait sur elle. On ne la situait plus. Pour eux comme pour les collègues de son mari, pour les parents qu'elle croisait à la maternelle, son statut n'était pas clair. Était-elle la femme d'un salaud ? Une sorte de divorcée, ou de veuve ? Mais quel genre de veuve ? Une veuve de suicidé ? Ce qui était sûr, c'est que ça puait la tristesse, son histoire, qu'elle se noyait, et que l'instinct de survie ordonnait de ne pas nager trop près d'elle. Puis elle a entendu les premiers blancs dans la conversation. Les autres guides la laissaient écouter la leur par sollicitude, sans l'impliquer. Larguée, elle entendait les plus jeunes parler de soirées, d'histoires de couple qui ne la concernaient pas – *Il voulait choper tout le monde. À la fin Laetitia a dit oui, c'est la seule qui a bien voulu. Il est toujours avec mais elle l'a pas choisi.* Même Marlène et Frédéric n'osaient plus lui demander des nouvelles de Darius, alors que le couple était déjà venu dîner à la maison, il y a quelques années, après leur emménagement. Et à chaque fois qu'ils parlaient d'autre chose, à chaque fois qu'ils ne mentionnaient plus son nom, Magali sentait que Darius disparaissait un peu plus.

Mais avec Lucile, rien de tout cela. Lucile est à l'aise avec l'indétermination et l'invisible. Lucile est arrivée dans la région il y a une vingtaine d'années parce qu'elle s'est sentie convoquée. Les reconstitueurs en *command-car*, ces passionnés de la chose militaire qui se déguisent en GI's, ces gugusses que les autres guides regardent en se bouchant le nez, elle est la seule à en parler avec bienveillance. Lucile croit en l'appel des plages, la seule explication valable de l'afflux en masse des profanes. Il y a encore quinze ans, les guides étaient obligés d'être excessivement pointus, ils avaient affaire à des vétérans du 6 juin, et issus d'autres guerres aussi, des militaires en tous genres, des connaisseurs. Ils sont plus rares aujourd'hui mais les agences continuent de tourner avec des groupes du monde entier, il en vient de partout pour visiter les vestiges de la dernière grande guerre du bien contre le mal. Pourquoi ? Son amie prétend que les gens se sentent appelés. Aimantés par les plages. Que la côte est chargée d'ondes, l'air saturé de plaintes et de sollicitations muettes d'âmes errantes. Elle avait eu un sourire entendu quand Magali lui avait annoncé qu'ils achetaient une maison dans la valleuse de Colleville. Ce n'était déjà pas innocent de travailler ici, alors y acheter une baraque, à quelques centaines de mètres d'Omaha ! Quand tu parcours la Normandie par tous les temps, du sable plein la bouche à Utah beach, la peau du visage tirée après chaque passage à la pointe du Hoc, au bord de la déshydratation l'été à Carentan, à crapahuter soixante heures par semaine pendant huit mois de l'année, sans jamais avoir deux jours de repos d'affilée ni pouvoir planifier quoi que ce soit à l'avance pour toi et ta famille, à nettoyer ton minibus au Car Wash tous les matins, à casser du rétroviseur comme du petit sucre sur les routes de l'arrière-pays où tu roules à 90 pour rattraper le retard, sans jamais t'arrêter de parler anglais, en t'efforçant d'avoir l'air enjouée et sympathique, à restituer au milieu des ruines des scènes que tu n'as pas vécues, quand tu n'es plus rien qu'un forçat du tourisme de mémoire, enchaînée à des circuits prévendus sur Internet comme des produits de consommation bien calibrés,

#D-DayBeachesUSSector, *#CanadianExperienceOnD-Day*, *#D-DayParatrooperTour*, *#BandOfBrothersTour*, *#BeyondTheBeach*, *#D-DayFromCherbourg*, attelée au grand récit sans cesse recommencé, à dévider ton couplet habituel, à faire semblant de chercher tes mots, à feindre de te découvrir en train de parler alors que tu utilises les mêmes tous les jours, obligée de te répéter jusqu'au départ du dernier client place du Québec à Bayeux, effondrée de fatigue, agrippée au volant pour rentrer chez toi en un seul morceau, tout ça pour recommencer le lendemain matin, quand tu t'infliges ce régime-là de bonne grâce, c'est qu'il y a autre chose, promet Lucile, un lien que la raison seule ne peut appréhender. Alors l'évanouissement de Darius dans la nature l'a intéressée. Si t'as pas compris que les Disparus sont chez eux en Normandie, disait-elle, que c'est leur terre d'élection, jette un œil aux 1 557 *missing in action* dont les os blanchissent le fond de la Manche, classés par ordre alphabétique sur le mur du jardin à l'entrée du cimetière.

Mais aujourd'hui, Lucile lui passe un savon. Elle qui est tellement à l'aise avec les énergéticiens, les sourciers, les griots, les étiopathes et les rebouteux, elle prétend que c'est Magali qui est perchée.

— Un vétéran, un vrai, pas un connard de *redneck* !

Elle la gronde comme elle sait le faire dans sa

posture de danseuse, les pieds à angle droit. Elle feint l'indignation pour forcer Magali à sourire, la bouscule un peu. Aphone ou pas, on ne refile pas un vétéran du 6 juin à un collègue.

— Ils sont combien ?

— Je ne sais pas, Michel ne m'a pas dit.

— Je ne peux pas te les prendre de toute façon, rétorque Lucile, je vais chercher un groupe au Havre demain matin. N'importe comment, ce serait criminel de ma part.

— Et pour ma voix, je fais comment ?

— Tu prends de la cortisone, tu suces des pastilles citron-miel comme d'habitude, et tu parles à voix basse. Regarde, on arrive bien à discuter en ce moment.

Un gardien en golfette électrique stoppe devant le véhicule de Magali et désigne sa voiture du doigt. Elle est mal stationnée, à cheval sur deux places. Le parking est à moitié désert, les emplacements autour sont vides, mais elle ne discute pas, remonte à bord, enclenche la marche arrière. Le gardien gêne la visibilité avec sa voiturette, elle tord le cou pour ne pas se laisser surprendre par un piéton ou un véhicule. Une fois sortie de la place, elle passe la première. La voiture cale en faisant un petit bond en avant. Elle remet le contact. Ne pas pleurer. Elle tourne le volant le plus possible, redresse progressivement, avance au jugé entre les deux lignes blanches. Elle ouvre la portière et regarde comment le véhicule se trouve par rapport au trait. Les roues touchent la ligne. Elle est en train de mourir et personne ne le voit. Elle réenclenche la marche arrière, s'extrait à nouveau de la place, repart doucement en marche avant, se replace au centre des marques.

Après l'annonce de la disparition, les parents de Darius se sont mis à l'appeler tous les jours depuis Delhi. Elle refusait de le croire, au début, mais elle a senti naître une suspicion qui allait encore raffiner son malheur. Sa belle-famille la questionnait de façon plus appuyée, plus insinuante, lui demandait s'ils étaient fâchés et pourquoi, reconstituant plusieurs fois avec elle l'emploi du temps de la journée qui avait précédé la disparition, celui de la veille, de la semaine précédente, insistaient pour qu'elle prenne un détective privé, bien qu'elle leur ait expliqué que ça ne se faisait pas, en France, qu'elle ne savait même pas où en dénicher un. Impuissants, ils coupaient court à ses explications et demandaient de parler à *big boy*, alors elle allait chercher Émilien, soulagée de mettre un terme à la conversation.

Une fois, elle leur avait demandé de contacter les amis d'enfance de Darius, continuant de l'imaginer avec Abhishek, dans son *resort* d'hôtels en bambous dans les contreforts de l'Himalaya. Ça n'avait aucun sens pour elle de partir à sa recherche en Inde, si tant est qu'il soit rentré au pays, elle qui savait à peine faire ses lacets toute seule là-bas, cornaquée dans ses moindres déplacements par un domestique, un chauffeur, un membre de la famille parlant hindi, à peine capable de s'acheter une bouteille d'eau, et parfaitement infoutue de réserver un billet de train sans l'aide de quelqu'un.

Elle avait aussi demandé à ses beaux-parents de se renseigner sur l'existence d'un compte bancaire au nom de leur fils. Elle voulait qu'ils expliquent la situation à un guichet de la *State Bank of India*, de la *City Bank* ou d'*Axis Bank*, mais ses messages étaient restés sans suite, mal compris, comme si elle lorgnait sur les économies de Darius.

Puis Dhanraj, son frère aîné, était apparu sur le seuil un beau matin. Il avait ce petit air anachronique qu'elle lui connaissait, cette touche désuète, à l'indienne. Il avait fait le voyage de Delhi jusqu'à Colleville-sur-Mer, envoyé par la famille pour se rendre compte par lui-même. Il avait fouillé dans les papiers de Darius sans sa permission, ouvert son ordinateur, fourgonné dans ses vêtements. Il était ensuite descendu dans le jardin où il avait commencé à fouiner, à déranger les massifs de la pointe du pied. Elle n'avait pas compris tout de suite ce qu'il fabriquait. Mais voyant qu'il ne s'intéressait qu'aux endroits où la terre était apparente, elle avait senti son cœur s'accélérer.

Il vérifiait si elle n'avait pas été retournée récemment. Il cherchait le corps.

Darius s'était trouvé une Normande à épouser pendant ses études à Caen, une bonne laitière, une Caucasienne bon teint, il avait donné des prénoms français à ses enfants, décroché un bon job. Mais sous le vernis de culture occidentale, la maîtrise de la langue anglaise et de l'informatique qui dominaient le monde, la politesse souriante et les matchs de cricket sur les chaînes reculées de la box, il y avait toujours cette faille. Derrière son vestiaire *old school*, entre chemisettes à carreaux démodées, polos de tennis en coton piqué et chemises blanches rentrées dans le bermuda beige, sous ses airs de jeune banquier de la *Barclays*, sous l'enduit de la respectabilité, restait le décalage, le hiatus, elle n'avait pas le mot, mais Dhanraj cherchait le corps de son frère sous les hortensias et ce soupçon de meurtre l'avait fait chanceler aussi sûrement qu'un coup de poing. Elle avait occulté l'indianité de Darius dans sa disparition, oublié les outrances de son immense pays, les heures qu'il fallait pour s'habituer à la pollution en atterrissant à Delhi, les échappements qui rougissaient les yeux aussi sûrement qu'une conjonctivite, cette impression de fumer une cigarette en permanence. Chacun des frères de Darius prétendait avoir déjà vu un type se faire écraser sous leurs yeux, et même un crâne se briser pour l'un d'entre eux – *It explodes like a coconut !* Les tours de standing peuplées de domestiques adolescents. Les esclaves qui repassaient le linge au fer à charbon dans la rue, devant l'entrée. La mendicité partout, aux feux, dans les tunnels. Elle se souvient de cette fille de huit ans qui portait un nourrisson au ventre gonflé dont elle s'était dit qu'il ne passerait pas le mois. Le bruit était insensé, à toute heure. Les gens parlaient à tue-tête au milieu de la nuit, faisaient claquer les portes. Les odeurs chimiques mêlées à celle de la friture, les relents de bêtes en décomposition, exacerbés par la chaleur, lui donnaient des haut-le-cœur à n'en plus pouvoir manger. Les hommes étaient gênés de boire devant elle et lui demandaient gentiment de retourner avec ses belles-sœurs. Darius lui avait même interdit de se balader en short hors de la maison. Un jour, il lui avait révélé que son père, la nuit, s'il avait soif, réveillait sa mère pour qu'elle aille lui chercher un verre d'eau à la cuisine, et il était parti d'un bon rire en voyant les yeux exorbités de Magali. Tout cela lui revenait maintenant que Dhanraj cherchait le corps. La Normandie et son climat tempéré, ses habitants qui ralentissaient à l'orange, ses groupes de rock chrétien sur les marchés de Noël, ses grasses prairies qui avaient digéré jusqu'aux traces de la plus grande opération militaire de tous les temps, ses fossés feutrés d'herbes hautes, ses ormes buissonneux, l'écoulement paisible des jours dans la valleuse, tout cela n'était pas venu à bout de l'empreinte, et Darius, en se volatilisant du jour au lendemain, avait pris une décision brutale, une décision indienne, voilà ce qu'elle comprenait en épiant Dhanraj par la fenêtre.

Puis son beau-frère était reparti et, aussi insensé que cela puisse paraître, pour elle qui ne dort plus sans Stilnox, qui s'effondre en larmes sans préavis en étendant le linge ou en faisant la vaisselle, la main sur la bouche, obligée de s'appuyer au mur pour ne pas tomber, aussi délirant que cela puisse sembler, la vie a continué.

Elle se gare sur le parking de la pointe du Hoc, descend et s'avance vers le plateau en contournant les bunkers encore debout, les casemates qui émergent des herbes folles, les abris enterrés, les soutes à munitions et les encuvements pour canon.

Il est plus de midi, elle n'a pas vu le temps passer. Le vétéran et ses accompagnateurs arrivent à Bayeux dans une heure maintenant. Ça va être compliqué pour Michel de la remplacer à ce stade, mais il en comprendra la nécessité en entendant l'état de sa voix. Elle le cherche parmi les visiteurs à travers la lande désolée. Les fondations des ouvrages détruits affleurent dans la végétation, dessinent des géoglyphes de Nazca, quadrillages abstraits au milieu des cratères. Elle s'arc-boute contre le vent en veillant à garder ses distances avec les visiteurs. Elle a déjà été percutée par un touriste ici, projeté de tout son poids par une bourrasque. À mesure qu'elle s'aventure sur la pointe du cap, la vue s'élargit sur les falaises plongeantes et leurs toupets de verdure entre les feuillets de roche. Des panneaux triangulaires préviennent des risques de chute. Si Darius avait fait le grand saut, volontairement ou non, la mer l'aurait rendu.

Magali aime ce lieu où la bravoure s'élève encore d'un cran, jamais déçue par cette lande suspendue, ce paysage lunaire où l'on peut toucher du doigt la rage de vaincre, l'héroïsme pur du 2e bataillon de Rangers du colonel James Earl Rudder, lui qui escalada la falaise de trente mètres pour prendre la position fortifiée. Elle aime ce site où l'on peut appréhender la guerre à mains nues, l'attaque à coups de grappins, de cordes mouillées, de marches qu'on taille au couteau dans le mur de la falaise, agrippé à la rocaille, de l'ordre de l'échelade sacrificielle sous les barriques de poix bouillante, de l'assaut médiéval pour faire tomber la citadelle.

Elle aperçoit Michel au loin qui s'adresse à un groupe, beau comme un Patchoune avec sa barbe blanche et son chèche à imprimé ethnique. Magali est contente de le voir, plus qu'elle ne l'aurait imaginé. Elle ressent une bouffée d'affection pour ce vieil homme qui a fait don de sa personne aux plages. Michel le provocateur, qui s'évertue à rappeler que le discours officiel a remplacé les souvenirs des gens, qu'à force de voir des films sur la Seconde

Guerre mondiale, tout le monde est persuadé que les Américains étaient de gentils garçons décontractés mâchant du chewing-gum en *battle dress*, du chocolat plein les poches, distribuant à la ronde des cigarettes au goût de miel. Alors qu'il faut écouter les témoins de l'époque, dont la perception était différente, et qui en parlent comme de brutes indociles, braillardes et dépenaillées.

— S'il y en a dans ton groupe qui se réjouissent des morts allemands, lui avait-il dit une fois, ou qui viennent ici en conquérants, persuadés d'être du bon côté de l'histoire, tu leur parles des dix mille déserteurs américains qui erraient sur les routes de Normandie comme des bandits de grand chemin pour attaquer leurs propres convois et revendre les marchandises au marché noir. Et si ça ne suffit toujours pas, tu leur parles des trois mille cinq cents femmes qu'ils ont violées.

Elle se fige en comprenant que Michel a fini de parler, que c'est à elle d'aller le convaincre maintenant. Le groupe se disperse entre les ruines. Elle s'élance mais, de loin, elle le voit accommoder dans le vide, le regard voilé. Il cherche un rocher pour s'asseoir et reprendre son souffle. Il n'attendait que d'être seul pour faire tomber son masque de fatigue, roi sans couronne sur le plateau ravagé. Une touriste est revenue sur ses pas, qui a aperçu son trouble et s'enquiert manifestement de son état. Magali la voit poser une main sur l'épaule de Michel tandis qu'il tâche de la rassurer. Magali reste immobile, sans force. Le vieux était sa dernière carte avant la gare. Tout conspire à la laisser seule maintenant, aphone, un vétéran de plus de quatre-vingt-dix ans sur les bras. Pourvu qu'ils soient gentils et faciles, lui et sa famille, pense-t-elle soudain pour demander grâce. Pourvu qu'ils veuillent se reposer après leur long voyage.

En se tenant hors de portée de voix de Michel pour qu'il ne sache pas qu'elle est presque muette, Magali attrape le criquet métallique dans sa poche et le fait cliquer. Son vieux collègue tourne la tête dans sa direction et lui sourit en fourrageant dans son manteau pour lui répondre avec le sien. Mot et contre-mot. L'outil de reconnaissance des parachutistes de la 101e Airborne est fabriqué en série, ils l'ont eu pour 3,50 euros comme tout le monde à la boutique du musée d'Utah beach.

En retrouvant sa voiture sur le parking de la pointe du Hoc, Magali s'aperçoit qu'elle ne peut pas charger des clients dans cette porcherie. Elle n'avait pas pensé plus loin, ce matin, imaginant qu'elle aurait le temps de repasser à la maison pour se changer et prendre le minibus. Elle jette tout ce qui traîne, les bouteilles d'eau croupie oubliées dans les contre-portes, les gourdes de Pom'Potes aplaties, coincées avec les vieux mouchoirs dans le porte-gobelet de la console centrale, les emballages de Smarties, les papiers de chewing-gum, les pommes de pin, les bouts de bois, les cailloux, bat rapidement les tapis de sol incrustés de miettes.

Elle n'est pas en avance, alors elle roule pied au plancher le long des haies taillées au cordeau, serre à droite sans craindre la branche qui pourrait la heurter de plein fouet. En priant pour que le train soit plus en retard qu'elle, elle engloutit la fin d'un paquet de Palmiers. Entrée dans Maisons, sortie de Maisons. De nouveau le centre équestre de Sully, le château. Les flèches de la cathédrale s'alignent dans l'axe de la route. Elle est en retard, c'est officiel. Ce n'est pas avec elle qu'on gagnera la prochaine. Intersport, le cimetière britannique, le musée mémorial *Bataille de Normandie*, le Campanile, les champs qui surgissent en pleine ville, avec les vaches normandes et les Holstein de part et d'autre de la route. Elle contourne le bar de l'hôtel et voilà que la petite gare SNCF se matérialise dans le virage, à moitié cachée derrière le bâtiment. Le parking est désert, elle est en retard d'une bonne dizaine de minutes, tu parles d'un accueil. Elle n'avait même pas un numéro de téléphone pour les prévenir, Michel ne lui a rien donné, ce matin. Il y a des chances que ses clients la reçoivent tout de même avec un grand sourire, soulagés de la voir apparaître, polis et décontractés comme savent l'être les Américains. Mais elle fait sa Française, là, elle le sait et n'aime pas ça, bordélique, qui n'anticipe pas, du genre « on verra sur place ».

Elle traverse le petit hall en coup de vent, déboule les cheveux hirsutes sur le quai avec une petite sueur de gêne, jette des coups d'œil à droite et à gauche. Là. Un vieillard à casquette. Assis derrière une valise à roulettes, sa canne en équilibre posée dessus. Il se lève en l'apercevant. Elle n'a jamais compris cette passion américaine pour la casquette. L'homme flotte dans un gilet multipoches, le visage affaissé de rides. Elle trottine vers lui en souriant pour lui montrer à quel point elle est désolée.

— *Magali. Je suis tellement désolée !*

— *Andrew Calkins.*

— *C'était une folle journée aujourd'hui. J'ai tellement honte d'être en retard, vous ne pouvez pas imaginer. Comment s'est passé votre voyage ?*

Elle entend sa propre voix qui s'éraille dans les aigus, spectatrice d'elle-même, du rôle qu'elle se met à jouer aussitôt, de cet enthousiasme de convention qui va si bien à la langue américaine, s'efforçant de sourire tout ce qu'elle peut pour rattraper la première impression. Comme elle se retourne pour chercher les autres, il précède sa question.

— *Je suis seul.*

Son sourire se fige.

— *Vous plaisantez ?*

La question lui a échappé, familière, alors qu'ils ne se connaissent pas et qu'elle est en retard. Il la fixe derrière ses lunettes métalliques à double pont. Elle s'abîme une pleine seconde dans le regard en pâte de verre, les deux rondelles décolorées par la cataracte. Elle ne veut pas croire qu'il ait fait le voyage seul depuis les États-Unis. Le type tient à peine debout.

— *Vous venez d'où ?*

— *Connecticut.*

— *Vous avez voyagé seul jusqu'à Bayeux ?*

Il hoche la tête comme si on n'allait pas y passer la nuit. Elle le voit qui esquisse un mouvement vers la sortie, regarde où il met ses pieds, pressé de quitter ce quai où il n'a que trop attendu. Elle s'empare de la poignée télescopique de la valise tandis qu'il avance à pas prudents, voûté comme un vieux paysan, la démarche un peu chaloupée. S'il faisait tomber quelque chose par terre, elle n'est pas certaine qu'il parviendrait à le ramasser.

— *C'est la première fois que vous revenez en Normandie ?*

— *Oui.*

Elle n'a jamais vu un vétéran non accompagné, n'a connu que des types de quatre-vingt-dix ans qui arrivaient avec leurs filles et leurs fils de soixante-dix, surclassés en business par les compagnies aériennes, conduits par une escouade de bénévoles de vins d'honneur en inaugurations de plaques, de remises de médailles en banquets, de dépôts de gerbes en rencontres scolaires, pilotés par *Forever Young Veterans*, *Best Defense Foundation* et autres *Veterans Back to Normandy*. Pour dix vieillards à la casquette siglée *World War II*, l'œil pétillant et le pouce levé, il y avait toujours un bataillon de quarante accompagnateurs, épouses, enfants, petits-enfants, infirmières, chauffeurs, bonnes âmes de tout poil, avec location de déambulateurs et de fauteuils roulants pour qu'ils puissent s'asseoir à tout moment, installation de lits médicalisés dans les familles d'accueil, scans des ordonnances envoyés deux mois à l'avance pour les traitements au long cours, des fois que la valise se perde pendant le transfert. Et elle, elle marche à côté d'Andrew Calkins, venu tout seul comme un grand du Connecticut, qui avance plutôt pas mal depuis qu'il a atteint son rythme de croisière.

Elle a bien fait de venir avec sa voiture et pas le minibus. Ravie, elle ne sait pourquoi, de le faire monter dans son véhicule à elle, avec ses ailes typées, son bossage du capot qui lui donne un je-ne-sais-quoi de déterminé dans l'allure, réjouie à l'idée qu'il respire le même oxygène qu'elle dans l'habitacle. Lucile avait raison. Un vétéran du 6 juin, merde, pas un connard de *redneck*.

— *Vous êtes à quel hôtel ?*

— *Reine Mathilde.*

— *Bon choix. Est-ce que je vous dépose ? Vous voulez peut-être vous reposer un peu ?*

— *Non, je voudrais aller à La Gambe.*

— *C'est dans le bocage, ça, non ? Près de Borville ?*

L'avoir assis à côté d'elle accroît encore son bonheur, lui ferait presque oublier qu'il contrarie ses plans. Elle roule doucement pour le ménager, immobilisant presque la voiture sur les ralentisseurs.

— *Quand j'ai vu que je serais en retard, j'espérais que votre train le serait aussi. Il y a tellement de problèmes sur la ligne ! Les horaires ne sont pas fiables. Il y a des passagers qui ont créé l'association de la voiture 19 pour protester. Vous n'étiez pas en voiture 19 ? Ceux qui travaillent à Paris font le trajet tous les jours. Ils organisent des apéros dans le train. Le drame de la Normandie, c'est l'absence de TGV, on est trop proche de Paris pour ça. Et puis au début, on roule sur les mêmes voies que les trains de banlieue entre Paris et Mantes, ça multiplie les risques d'incidents.*

Pourquoi elle lui raconte tout ça avec sa voix niquée, aucune idée. Il ne la relance même pas. Ou alors il est sourd, ou trop fatigué pour parler. Si on lui demandait de résumer ce qu'elle vient de dire, elle serait curieuse de savoir ce qu'il a compris. Mais il est là, elle le sent attentif à la route, à ses bas-côtés, elle le voit qui se tourne sur son siège pour scruter les haies depuis qu'ils sont sortis de Bayeux. Elle détecte une tache trop claire à droite, dans son champ de vision, trop de peau. Au feu, elle le regarde à la dérobée : il vient de retirer sa casquette. Une grande oreille molle et charnue, un toupet de poils dans le tuyau, le crâne qui pèle, parsemé d'écailles. Elle effleure son genou en enclenchant la vitesse, l'os est tout de suite là. Son pantalon en velours à fines côtes est presque à plat sur le siège, répandu de part et d'autre de la cuisse.

— *Michel m'a dit que vous êtes de la 29e ?*

Tais-toi, ma fille, pense-t-elle. Il n'a pas envie de parler, t'as pas de voix, laisse-le tranquille. Ils longent un micro-musée de plain-pied qui tient plus du local de concessionnaire de machines agricoles qu'autre chose, puis un hangar demi-lune leur promettant de vivre l'expérience D-Day en 3D. À proximité de Longues-sur-Mer, elle essaie encore, une fausse note d'enthousiasme dans la voix.

— *Le soleil est de retour*, dit-elle en chaussant ses lunettes fumées. *Il ne faut jamais croire la météo, ici.*

Venue à parler du temps pour meubler l'espace sonore. Andrew Calkins ne participe pas. Il n'a pas bougé quand elle a frôlé son genou tout à l'heure. Elle ignore ce qui s'est joué pour lui dans l'outre-monde du bocage, pourquoi il est si urgent pour lui de rejoindre La Gambe. Peut-être vient-il chercher la mémoire d'un poste de défense camouflé sous un filet, la position d'un tireur embusqué qui a abattu l'un des siens, qu'importe, elle n'est pas étonnée. Elle le sait, que le fracas du Débarquement a occulté la guerre de brousse qui a suivi pendant des semaines, moins spectaculaire mais tellement plus meurtrière que le Jour J. Les Américains s'attendaient à des haies à l'anglaise, basses, de celles qu'on pouvait franchir d'un bond à cheval avec une meute de chiens pendant une chasse à courre. Ils n'avaient pas prévu ces murs infranchissables, ces remparts souples qui résisteraient aux bombardements, cette alternance de fossés et de talus dans lesquels les blindés s'empêtreraient. Ils n'imaginaient pas se battre une journée entière pour avancer de trois champs, compter leur progression quotidienne en nombre de haies, avoir à livrer une guerre au couteau, sans ligne de front. Elle aimerait qu'il lui parle de tout ça mais n'ose pas demander.

La mer apparaît, discrète entre les champs, à peine distincte du ciel. Ça lui fait de la peine qu'il ne la signale pas en s'exclamant comme le font habituellement ses clients. Il a dû la voir pourtant, parce que ses yeux circulent, intranquilles. Andrew tourne la tête à chaque virage. Il porte son regard dans toutes les directions, sauf vers elle. C'est idiot mais elle le remarque. Est-ce qu'elle ne s'est pas assez excusée ? Elle devrait se réjouir de n'avoir pas à faire la conversation aujourd'hui, mais il y a un malaise, elle le sent. Elle craint que ce ne soit pas un malentendu à mettre sur le compte de la vieillesse. S'il entendait mal, il chercherait à la faire répéter. Non, ce n'est pas de la timidité, plutôt de l'indifférence. Il n'est pas curieux d'elle. Il n'a pas compris qu'elle était guide des plages, il la prend pour un chauffeur VTC. Il n'a pas la moindre idée de ce qu'il lui en coûte de travailler pour lui aujourd'hui. Après tous ses efforts pour garder la main sur cette journée, elle espérait un coup de pouce du hasard, tomber sur une famille bienveillante, deux ou trois Américains émerveillés et positifs, remplis de gratitude pour leur accompagnatrice. Il n'y aura rien à tirer de la rencontre avec cet homme, aucune énergie, aucune réassurance, rien de régénérant, elle le devine maintenant. Elle ne peut plus ignorer le mécanisme à l'œuvre depuis ce matin. Personne ne peut dire quand les choses commencent vraiment. Elle ne survivra pas à cette journée.

Magali fait un crochet par la batterie de Longues pour vérifier s'il y a quelqu'un, multiplier ses chances de croiser un être humain qui lui tende la main et lui promette qu'elle va s'en sortir cette fois encore.

Au carrefour, elle s'engage sur la D104 en direction de la falaise. Au bout d'un kilomètre à peine, le pare-brise n'arrive plus à contenir la mer, immense. Les boucliers de protection de la Batterie du chaos sont disséminés dans la plaine, lourds et bien campés. Elle se gare sur le parking à côté d'un minibus 15 places, le nez pointé vers la mer.

— *C'est la batterie de Longues-sur-Mer, celle qui était conçue pour arroser toute la baie de Seine. C'est ici que les Allemands ont découvert l'armada à l'aube du 6 juin. C'est là qu'ils ont aperçu les milliers de bateaux sur la Manche au petit matin.*

Elle guide ses yeux vers le large mais il remet sa casquette pour abriter son regard, les yeux blessés par la luminosité.

— La Gambe est juste à côté. Est-ce que ça vous tenterait de visiter l'une des casemates ? Vous verriez le canon de marine qui est intact. La chambre de tir et la pièce de stockage aussi. Tout a été bien conservé.

— Je préférerais garder mes forces.

— Bien sûr. Je vous demande juste un instant.

Magali le laisse dans le véhicule et remonte le chemin de terre qui mène aux bunkers en s'appuyant contre le vent. Elle a aperçu un groupe dans la fortification principale. Le bus de Yohann ? Il faut qu'elle parle à quelqu'un avant de pénétrer dans le bocage. Jamais elle n'a ressenti ce besoin avec une telle certitude. En s'approchant, elle reconnaît la silhouette familière et rassurante derrière le canon Škoda pointé vers la Manche. Yohann s'adresse à son groupe à l'abri du bouclier. Avec sa barbe rousse, les fusillini serrés de ses cheveux, la capuche de son sweat rabattue derrière le col de sa doudoune, il a l'allure d'un *worldpacker* d'auberge de jeunesse, pas du tout celle d'un guide des plages. Elle est à peu près certaine que ses clients sont déçus en faisant sa rencontre au petit jour, place du Québec, à Bayeux, qu'ils le trouvent trop jeune pour être crédible, mais son anglais est tellement bon et ses commentaires si percutants qu'il ne doit pas lui falloir plus de cinq minutes pour se les mettre tous dans la poche. À la fin de la journée, au même endroit, elle les voit qui ne veulent plus le quitter, lui fourrent des pourboires dans la main en lui réclamant son mail.

Magali reste en arrière avec Yohann tandis que le groupe se disperse. Ce qu'elle voudrait exprimer ne peut se dire. Ils n'ont jamais vraiment discuté, tous les deux. Elle lui souffle qu'il y a un vétéran du 6 juin dans sa voiture. Qu'il est venu seul du Connecticut. Le vent plaque leurs pantalons sur leurs jambes, dessine la forme précise de leurs cuisses, le galbe de leurs mollets.

— Tu veux me refiler le bâton merdeux, toi, s'amuse Yohann, pince-sans-rire.

Un flot de sang monte au visage de Magali. Elle pensait avoir été plus subtile que ça. Il croit qu'elle est venue pour lui demander un service, alors qu'elle voudrait juste un peu de réconfort. Mais il a vu clair tout de suite. Il n'est même pas impressionné par le statut de son client. Là-bas, Andrew est sorti du véhicule. De loin, son maintien continue de troubler Magali, quelque chose de contraint dans la façon de se tenir. Il reste trop près de la voiture, comme s'il craignait encore de regarder la mer.

— Il ne vient pas visiter la casemate ? demande Yohann.

— Il n'a pas envie.

— Pourquoi ?

— Il est fatigué.

Les yeux de Magali reviennent douloureusement au parking sans qu'elle puisse se décider à y retourner tout de suite. Là-bas, un des clients de Yohann adresse la parole à Andrew. Elle ne sait pas ce qu'ils se racontent, mais les autres s'approchent peu à peu, l'encerclent. Ça y est, le type fait un selfie avec lui.

— Ils ont compris, prévient Yohann, tu devrais y aller.

Elle et son collègue ont déjà été témoins de gestes d'adoration fanatiques pendant les commémorations. Il y avait ceux qui réclamaient des autographes, confondaient les vétérans avec des mascottes de Disney, *On peut prendre une photo avec le gamin ?*, ceux qui voulaient les toucher à tout prix comme s'ils avaient le pouvoir de guérir les écrouelles, qui essayaient même de leur couper des mèches de cheveux. Elle se précipite sur le parking pour l'exfiltrer.

— Doucement, doucement, prévient Magali en faisant le vide autour d'Andrew.

Il accepte la main qu'elle lui tend, complètement désorienté.

— Vous voyez bien que c'est un vieux monsieur, laissez-le tranquille, vous avez assez de photos, là.

Il lui fait de la peine. Une petite pâte blanche est apparue au coin de sa bouche, un peu de salive séchée. Elle ne serait pas capable de dire si son visage a été beau un jour.

— *Allez, en voiture*, décide-t-elle.

En redémarrant, elle lui présente ses excuses pour ce chahut imprévu. Il marmonne entre ses dents quelques mots inaudibles. Elle fait n'importe quoi avec ce vieil homme fatigué. Elle est juste assez lucide encore pour s'en rendre compte.

Elle quitte la route littorale, s'enfonce dans les terres. Les pâturages se succèdent derrière les haies larges et aérées, puis le maillage des parcelles devient plus serré, la route moins franche. Son revêtement gris se fond dans l'herbe du fossé. Les directions ne sont déjà plus indiquées aux croisements. Tous deux silencieux, ils roulent dans un corridor de verdure encaissé entre les talus, se fraient un passage à l'arraché à travers les murs crépusculaires. Des brèches font apparaître fugitivement les pâtures encloses, la butée d'une autre haie. En quelques minutes à peine, le paysage s'est refermé. Trois ou quatre intersections mal matérialisées ont suffi. La mer qu'ils avaient dans les yeux tout à l'heure à la Batterie du chaos, grandiose et théâtrale, n'est plus qu'un lointain souvenir. Magali s'oriente de mémoire, au jugé. L'itinéraire n'est plus cartographié par le GPS, qui dessine sur l'écran de gros blocs indistincts. Elle ne sait pas exactement où commence le lieu-dit de La Gambe mais ça ne doit pas être loin. Quand elle aura franchi la Veuse, elle prétendra que c'est là. Elle ralentit pour atténuer les secousses provoquées par les soulèvements de racines. Elle se méfie des haies, ici, qui ne sont pas taillées au lamier comme sur la départementale, préfère rouler au milieu de la route, dans l'évidence qu'ils sont seuls, sans se soucier d'un véhicule qui arriverait en face.

Andrew lui désigne du doigt un chemin carrossable qui a surgi à gauche. Magali engage les roues dans les ornières. L'herbe du talus se froisse sous le moteur. Après une centaine de mètres, il lui fait signe de s'arrêter. Il ouvre la portière et s'extirpe de l'habitacle en s'appuyant sur sa canne.

L'extinction du moteur laisse place au silence vivant de la campagne, au bombinement des insectes. Le vent, si dur tout à l'heure, sur la falaise de Longues-sur-Mer, s'est épuisé dans les arbres de haut jet et les arbustes innombrables. Elle suit des yeux Andrew, qui avance à pas circonspects le long du fossé, puis s'immobilise pour épier l'intérieur d'une parcelle comme un tigre au feuillage. Le vieil homme progresse encore de quelques pas, se fige devant le taillis, regarde à travers une trouée qui lui permettrait de voir sans être vu. Elle ne comprend pas pourquoi l'indifférence de cet homme lui est à ce point insupportable. Il a risqué sa vie, ici. C'est plus fort qu'elle, elle lui en veut. Plus qu'aux autres. Comme si lui seul mettait à nu son invisibilité, comme si sa transparence devenait manifeste avec cet étranger. Ce n'est pourtant qu'un vieillard exténué après un très long voyage, qui revient sur une terre gorgée de sang et peuplée de fantômes. Pourquoi faudrait-il qu'il lui accorde de l'attention ? Pourquoi son détachement la met-il dans un tel état ? Plongée dans ses pensées, Magali ne s'est pas aperçue qu'il a disparu. Il a dû entrer dans la parcelle pour se dégourdir les jambes. Elle descend de la voiture.

— Andrew ?

Elle franchit le fossé pour visiter le champ derrière la haie. Rien. Incrédule, elle revient sur ses pas pour s'assurer qu'elle ne l'a pas laissé dans son dos, qu'il ne s'est pas aventuré plus loin dans le chemin creux. Il n'a pas pu se volatiliser comme ça, il était là il y a une minute. Un fossile, en plus. Si lent, si raide. Elle tourne sur elle-même, insiste de sa voix cassée :

— Andrew ?

Magali est quasiment certaine de l'avoir vu pénétrer dans la parcelle tout à l'heure. Elle y retourne, épie les bruits, espérant entendre des pas, des craquements de brindilles. S'il est entré dans ce champ, a-t-il pu en gagner un autre ensuite, si vite ?

Elle prend la diagonale pour fureter dans l'angle opposé, jeter un regard dans les pâtures mitoyennes, à travers les haies. Aucune habitation, aucune route. Rien que d'autres herbages déserts.

— Andrew !

Comme si elle avait la journée. Elle consulte son téléphone. Il va être l'heure. Il lui faut quinze minutes en roulant bien pour rejoindre l'école d'Émilien. Il n'y a pas de réseau pour appeler. Elle longe la haie à grandes enjambées. Est-ce qu'ils vont tous la lui faire à l'envers, aujourd'hui ? Elle respire moins bien. Il ne faut pas lui confier qui que ce soit, elle perd les gens.

Elle atteint le dernier côté du terrain. Il fait plus sombre le long du taillis, la lumière est en train de chuter. Elle tressaille en entendant le frisson du vent dans les arbres, transmis d'une cime à l'autre.

— Andrew !?

Et s'il était tombé ? Est-ce qu'il aurait pu avoir un malaise ? Peut-être est-il évanoui quelque part ? Elle refait le tour, le regard plongé dans le fossé du talus. Impossible, il n'est pas mort, il n'a pas été tué, il ne s'est pas suicidé, il n'est pas parti, il ne l'a pas quittée. Un peu de vapeur molle apparaît devant sa bouche quand elle expire, elle resserre la main sur son col pour empêcher l'humidité de pénétrer. Saisie par le silence qui étreint le bocage à la tombée du soir, elle s'immobilise. L'ombre s'amasse aux lisières. La forêt primitive réapparaît sous ses yeux dans ses franges indécises.

— ANDREW !!

Son propre cri l'effraie. Si elle s'attarde, la psychologue va partir. Elle va rater son rendez-vous. Elle sent des larmes couler le long de son nez. Un blanc de plusieurs secondes se forme dans son esprit. Elle regagne le chemin, esquisse un mouvement vers la voiture, revient sur ses pas, hésite. Si elle manque ce rendez-vous, on va lui prendre ses enfants. Elle s'assoit derrière le volant, remet le contact. Le ronronnement urgent et familier du moteur la conforte dans l'idée qu'elle ne peut plus attendre. Elle reviendra. Elle reviendra chercher le vétéran. Elle promet qu'elle reviendra. Elle enclenche la vitesse, roule une trentaine de mètres en marche arrière avant de piler. Qu'est-elle en train de faire ? Qu'est-ce qui lui prend ? Folle. Elle est folle à lier. Elle ne peut pas laisser cet homme dans le bocage alors que la nuit approche. Elle coupe le moteur à nouveau, ouvre la portière, tourne autour de la voiture, fébrile, vient se rasseoir à la place du mort, hébétée, le regard tombé sur ses deux cuisses accolées. Elle redevient quelques secondes la petite fille qui attend son père sur le siège passager. Deux cuisses serrées dans l'habitacle de la voiture, et la revoilà à patienter. Il rend visite à l'une ou l'autre de ses maîtresses. Ils sont partis ensemble chez le garagiste, faire des courses, nourrir les chevaux. Elle sert d'alibi, elle est consentante, flattée par la promesse d'un lieu privilégié. Elle s'est rangée du côté de son père quand les disputes entre ses parents ont commencé. Elle ne sait pas quand sa propre captivité a débuté, peut-être dans les soupirs, les clins d'œil, les haussements d'épaules qu'il lui adressait dans le dos de sa mère lorsqu'elle s'est mise à râler à la maison, à faire la tête, à lever la voix. Ils partaient en voiture tous les deux pour chercher un peu de tranquillité, le père et la fille, heureux de ce répit, de leur complicité, dépositaires d'un secret. Il la faisait monter à l'avant. Elle emportait de la lecture. Sa mère s'était étonnée, une fois, qu'elle ait besoin d'un livre pour aller au club ou au supermarché. Magali restait là jusqu'à ce que son père revienne s'asseoir derrière le volant, guilleret, volubile, quelque chose de frais et de vif dans le teint, l'odeur changée. Il s'intéressait à sa vie sur le chemin du retour, lui posait des questions sur l'école, ses amis. Elle peinait dans ses réponses à mesure qu'ils se rapprochaient de la maison. La joie de leur proximité s'estompait avec l'impression d'avoir transgressé un interdit insaisissable.

Son père lui a récemment déclaré au téléphone qu'elle devrait « aller de l'avant », son père capable de taper dans le dos d'un ami dépressif en lui disant « faut te ressaisir, mon vieux, quoi ». Elle allume la radio pour ne plus penser, ne plus se laisser envahir, accroche France Bleu. Elle pousse le volume à fond pour tout étouffer. La voix insouciante d'Isabelle Pierre retentit dans l'allée, se dissout dans les haies et les pâtures.

Le temps est bon, le ciel est bleu
J'ai deux amis qui sont aussi mes amoureux

Elle ressort de la voiture, pose doucement la tête sur le toit, en appui sur son seul front, arc-boutée contre le véhicule, les bras dans le vide, le corps bizarrement abandonné. Elle renifle un grand coup en arrachant sa tête de la carrosserie. Andrew se tient dans l'allée, immobile, comme s'il était là depuis toujours, le regard perdu derrière ses grosses lunettes métalliques.

— *VOUS ÉTIEZ OÙ ? JE VOUS AI CHERCHÉ PARTOUT !* crie-t-elle, les yeux gonflés de larmes.

Il ignore la question, furète vers le sol en sondant la terre avec sa canne.

— *J'ai creusé tellement de trous. Il doit y en avoir encore. J'en creusais trois par jour.*

— Mais vous êtes con, en fait ?

— *À cause des tirs de mortier et de mitrailleuse, et la nuit aussi, pour dormir. On creusait avec des pelles, des fourchettes, des couteaux, des gamelles, partout, tout le temps. Comme des taupes.*

— J'AI PAS LE TEMPS, LÀ. JE DOIS ALLER CHERCHER MON FILS À L'ÉCOLE. MONTEZ ! TOUT DE SUITE !

Magali le tient en joue de son regard jusqu'à ce qu'il rejoigne la voiture. Il avance le dos droit, sans hâte, une pointe d'effronterie dans le regard. Il marche mieux que tout à l'heure, les gestes sobres, il s'appuie à peine sur sa canne. Elle l'aide à se glisser sur son siège en lui tenant le bâton pour gagner du temps, hésite à lui soulever les jambes pour aller plus vite. Elle claque la portière, passe devant le capot, se replace derrière le volant, s'essuie les yeux du poignet, reprend sa marche arrière là où elle l'a laissée, un bras sur le dossier du fauteuil d'Andrew, le cou démanché. Elle braque pour faire son demi-tour, patine dans la terre avant d'arracher les roues du chemin scabreux. Il doit bien se rendre compte qu'elle a pleuré, il ne lui viendrait pas à l'idée de dire quelque chose ? Pardon, ou quoi ? Il s'en fout. Il ne pense qu'à sa gueule. Sans plus se soucier des à-coups, elle fonce aussi vite que la route le lui permet, le long des parcelles qui défilent, avec l'impression de dévaler un couloir sinueux. Elle fixe le point de fuite devant elle, ne sent pas redescendre sa colère, comme si elle venait d'ouvrir une vanne qu'elle se sent incapable de refermer. La route est plongée dans une obscurité de tunnel alors que des bouts de ciel clair apparaissent encore à la cime des arbres. Dans le rétroviseur, un sirop de ciel rose lui indique que le soleil est réapparu. Toute à ses pensées, elle a suivi le chemin sans se méfier, ignorant plusieurs embranchements parce qu'elle croyait reconnaître l'itinéraire de l'aller, mais quelque chose cloche et l'alerte. Si elle roulait dans la bonne direction, elle devrait être à contrejour. La route serpente tellement que ça ne veut pas dire grand-chose, mais elle ne reconnaît pas l'intersection suivante. Elle poursuit sur ce qui semble être l'axe principal, certaine de rejoindre la départementale quelque part. Non, l'enrobé bitumineux de la route cède au gravier. Elle freine, fait demi-tour, revient au croisement en priant pour ne pas pleurer à nouveau. Il faut qu'elle avance jusqu'à trouver un repère, c'est la seule chose à faire. Elle n'ose plus regarder l'heure. Au croisement suivant, quand elle ralentit pour chercher son chemin, le bras d'Andrew lui indique une direction qu'elle fait semblant de ne pas voir. Ça ne peut pas être à gauche, aucune chance que ce soit à gauche, impossible, elle a le soleil dans le dos. Elle l'ignore, continue tout droit. À deux cents mètres, au carrefour, il prend la parole en français comme si le malentendu était linguistique.

— À gauche.

Elle pile au milieu de la route, braque son doigt vers un point du pare-brise.

— La mer est là.

— Non, là.

Il la corrige en pointant une direction à peine différente, précis comme une boussole, reprend en anglais :

— *La route repart à droite dans cinquante mètres pour longer la rivière.*

Il doit parler de la Veuse. C'est une plaisanterie. Elle tourne la tête vers lui. Mais il ne la regarde toujours pas, le doigt immobile et têtu. Perdue pour perdue, elle s'engage dans la direction qu'il lui propose. Il se rendra bien compte lui-même de son erreur. Quelques mètres plus tard, la petite dépression de la Veuse apparaît. Il promet l'apparition du toit de la chapelle de Grideville à gauche. Rien d'abord, puis apparaissent successivement la chapelle et la départementale. La voiture retrouve la bonne adhérence de la route littorale. Elle n'a même pas envie de le remercier. C'est à cause de lui qu'elle est en retard. Il n'a pas prononcé un mot de plus que nécessaire pour donner ses orientations. Nerveuse, de plus en plus débordée par la colère, elle coupe les virages, glisse sur les stops, tendue vers l'objectif, la mâchoire crispée, les jointures des doigts blanchies sur le volant.

Elle anéantit un à un les bourgs traversés. La campagne défile à 100 kilomètres-heure dans la presque nuit.

Arrivée à Maisons, elle se gare en vrac devant l'école, se tourne vers lui en criant :

— TU RESTES LÀ ! TU M'ATTENDS DANS LA VOITURE, T'AS COMPRIS !? TU BOUGES PAS !

Elle sort en claquant ridiculement la portière, contourne le moteur en sentant peser le regard d'Andrew derrière le pare-brise. Il a sursauté quand elle a levé la voix en français, il ne s'attendait pas à ce qu'elle soit à ce point en colère. Il ne doit rien comprendre de ce qu'il lui arrive. Il la suit des yeux depuis l'intérieur de la voiture maintenant. Il la regarde enfin, tandis qu'elle continue de marmonner pour elle-même en marchant vers la maternelle, rouge de honte. Un petit vieux, un vétéran, n'importe quoi, elle fait *n'importe quoi*.

Il faut voir le sourire d'Émilien quand il l'aperçoit à l'entrée de la cantine. Magali s'accroupit pour le faire disparaître dans ses bras, son petit sang-mêlé qu'elle a porté et nourri de son lait. Elle étreint son torse étroit, sa peau cuivrée, ferme les yeux pour respirer son odeur, sentir passer en elle la chaleur de son corps. Il a du mal à respirer, alors elle s'écarte.

— Je dois discuter avec une dame qui est venue me voir. Je n'en ai pas pour longtemps. Je reviens te chercher juste après, d'accord ?

Magali se relève, adresse un bonjour de la tête aux animateurs du goûter qu'elle n'a pas eu le temps de saluer, souffle au bout de ses doigts un baiser à Émilien, qui retourne s'asseoir avec les autres enfants.

Dans le couloir, son cœur se serre en longeant les rangées de portemanteaux surmontés d'ours en gommettes, d'empreintes de mains et d'autoportraits.

Elle n'a jamais envisagé avoir affaire à d'autres interlocuteurs que les instituteurs de ses enfants. Elle contourne la salle de motricité avec ses cerceaux suspendus au mur, ses modules en bois ajourés et ses escaliers 4-marches. Une femme d'une soixantaine d'années l'attend dans le bureau bordélique de la directrice.

— Je suis vraiment désolée pour le retard, entame Magali, avec l'impression d'avoir des dettes partout, de passer sa vie à être en tort.

— Aucun problème, j'avais de quoi m'occuper. Vous êtes bien la mère d'Émilien, n'est-ce pas ? Que je ne fasse pas de gaffe ? Il est resté à la garderie du soir ?

La femme a un carré plongeant de cheveux blancs, lumineux, qui ont dû être blonds un jour, des boucles d'oreilles fantaisie à trois étages, quelque chose de féminin dans le sourire et dans sa mise. Cette femme a une vie sexuelle, pense Magali sur-le-champ.

— Vous souhaitiez me rencontrer ? demande la psychologue.

— Moi ?

— C'est vrai, pardon, c'est moi qui ai demandé à vous voir. Je voulais vous faire part de ma visite en classe. Le professeur d'Émilien a dû vous dire que j'avais passé un petit moment avec les enfants ?

— Oui.

— On a fait un jeu sur le monde du vivant. Il fallait associer des animaux de la forêt avec leur habitat. Je me suis assise à côté de votre petit un instant. On voit que c'est un garçon qui n'a pas de difficultés d'apprentissage. J'ai été impressionnée par son lexique. « Tanière », je me souviens qu'il connaissait le mot. Il maîtrise bien les verbes d'action aussi. Il m'a dit que l'écureuil « grimpait » à l'arbre par exemple.

Magali essaie de se concentrer mais n'y est pas encore, distraite par le chemisier qui cintre la taille de la psychologue et met en valeur sa poitrine, son visage souriant, cette énergie qu'elle aimerait avoir encore.

— Il regarde bien dans les yeux aussi, il a un bon contact. On sent que c'est un enfant qui a des choses à dire. Je devine que M. Lafitte vous a expliqué qu'il avait un peu de mal avec les règles de vie en ce moment ?

Magali dresse l'oreille, sentant que l'entretien commence au seuil de cette question vague et générale.

— Il a noté des changements dans le comportement d'Émilien qui l'ont préoccupé. Vous vous êtes parlé ce matin, je crois. Par exemple, dès que je n'étais plus assise à côté de lui, il s'est désintéressé de l'atelier. Il a écarté les autres propositions de jeux, d'activités manuelles, de coloriage... Il a commencé à embêter les autres.

La psychologue rit.

— Bon, ça arrive qu'un petit soit mal luné. Nous aussi, on a des jours sans. Sauf que, chez votre garçon, ça s'accompagne d'efforts démesurés pour attirer l'attention. Il fait des pieds et des mains pour qu'on le voie... Je ne vous surprends pas, je pense, ça a dû revenir à vos oreilles. Il marque son professeur à la culotte, comme on dit au football. Il le suit partout, il ne le laisse pas respirer. Mais dès que M. Lafitte l'appelle pour le rassemblement, alors là...

Elle esquisse un geste de la main, l'œil malicieux, pour symboliser le grand bazar.

— ... Il file comme une anguille, refuse de s'asseoir sur le banc avec les autres, il y a des négociations, des menaces, des sommations, tous les enfants le regardent, c'est le cinéma HD en dolby stéréo et tout.

Elle marque un arrêt avant de reprendre :

— Qu'on se comprenne bien, hein, il y a des enfants plus turbulents que d'autres, plus introvertis, plus silencieux. Ce qui nous alerte, c'est quand un enfant *devient* turbulent, ou *devient* introverti, ou *devient* silencieux. Alors vous allez me demander comment ça se passe en dehors de la classe, dans la cour, à la cantine... Eh bien, c'est pareil avec les animateurs. Je vais prononcer le mot en mettant des guillemets, parce qu'on est entre nous et qu'on est là pour nommer les choses, il est « envahissant ». Verbalement et affectivement. L'école maternelle, c'est une école. Un enfant ne peut pas accaparer à lui seul toute l'attention. On apprend la vie en collectivité. Par exemple à différer une demande quand l'adulte est occupé, à régler les conflits de manière verbale. Il n'est pas tendre avec les autres enfants, ça aussi on a dû vous le dire. Alors bien sûr que ça traduit quelque chose. Parce qu'on m'a dit que votre garçon n'était pas comme ça l'an dernier.

Magali promène sa langue pour lubrifier son palais, l'intérieur de ses gencives. Elle aurait dû emporter sa gourde. Dans le discours fluide et délié de la psychologue scolaire, ses efforts pour créer entre elles une fausse connivence, elle visualise très bien l'élargissement du cercle autour de son fils. Elles ont déjà quitté la classe pour passer à l'extérieur, à la cour, à la cantine, au périscolaire. L'autre n'attend qu'une chose maintenant, c'est que Magali reconnaisse que le problème vient de chez elle.

— Ça m'étonne, fait-elle, en coupant le contact oculaire avec la psychologue pour chercher ses mots. Il n'est pas du tout comme ça à la maison. Émilien est très gentil avec sa sœur. Il joue avec elle, il essaie de la faire marcher. Elle a un an. Parfois il lui donne le biberon. Il la surveille dans son bain, il…

Tout en parlant, Magali réalise à quel point Émilien s'occupe d'Albane. Peut-être porte-t-il trop de choses pour son âge, elle ne sait pas. C'est vrai qu'elle ne fait plus rien avec lui. Elle a presque envie de le reconnaître tout à coup, d'avouer à cette inconnue qu'elle ne raconte plus d'histoires à Émilien au bord du lit, qu'ils n'invitent plus de copain après l'école, qu'elle ne lui pose plus de questions sur sa journée, qu'elle n'arrive plus vraiment à l'écouter, qu'elle n'a plus le temps de rien, plus de relais. Que les moindres gestes de la vie lui coûtent, se lever, faire à manger, téléphoner, que la plus petite contrariété la met par terre, son frigo qui fait de l'eau, les couverts mal lavés dans le lave-vaisselle. Qu'elle menait jusqu'alors une vie belle et signifiante. Qu'elle n'a pas voulu ça. Mais elle se tait, elle est tombée dans le piège toute seule en voulant se défendre. Avec sa voix déchirée, elle a renvoyé tous les symptômes du parent dysfonctionnel appuyé sur son enfant-pilier, son enfant-béquille, son enfant-infirmier qui jette instinctivement ses forces dans la bataille pour alléger les souffrances de sa mère dépressive. Émilien fait tout pour la garder du côté de la vie, la protéger chaque fois qu'elle fait semblant d'être là alors qu'elle est en train de courir sur le chemin des douaniers pour rattraper Darius. Magali lève une main pour couper court.

— J'essaie juste d'expliquer qu'il est doux avec sa sœur, qu'il est joyeux à la maison. Il n'est pas comme vous dites.

La femme laisse passer un silence pour recevoir ce que Magali vient de formuler.

— Loin de moi l'idée de prétendre que votre fils est comme ceci ou comme cela. On parle uniquement de ressentis, là. Le vôtre, le mien, le nôtre. Personne n'a raison ni tort. Je vous crois quand vous me racontez qu'il n'est pas comme ça avec sa sœur. Je vous crois vraiment. Vous me croyez quand je vous dis que je vous crois ?

Magali hoche la tête.

— Vous n'avez pas observé les mêmes comportements avec vous ou d'autres adultes ?

— Non.

— Il mange bien ?

— Oui.

— Il dort comment ?

— Bien aussi.

— Seul ?

— Oui, enfin, dans la même chambre que sa sœur.

— Il ne dort pas dans le même lit que vous, je veux dire ? Il a son espace ?

— Oui.

— M. Lafitte m'a expliqué que le père d'Émilien était parti récemment, c'est vrai ?

— Il vous a dit qu'il était parti ?

— Ce n'est pas le cas ?

— Il a disparu.

— C'est ça.

— Ce n'est pas pareil.

La femme marque une pause, prudente à nouveau.

— Vous n'avez aucune nouvelle ?

— Non.

— Ce n'est pas rien, pour un enfant. Vous lui en avez parlé ?

Magali hésite avant de confirmer, sentant que c'est la bonne réponse, celle qui évitera de s'étendre sur le sujet.

— Pour vous aussi, ça doit être difficile. Émilien est l'aîné. Il peut vouloir vous protéger à la maison s'il sent que vous êtes seule et désemparée devant ce qui vous arrive. Alors l'école, pour lui, ça devient un défouloir inconscient, le lieu où ses angoisses s'expriment.

La voix de la dame se fait plus douce encore, comme si elle traversait un torrent en tâtant les pierres.

— Si son père est parti, il peut avoir l'impression d'avoir été abandonné. Il peut se demander ce qu'il vaut. Ressentir le besoin d'être remarqué à tout prix. Je pense que votre petit aurait besoin de voir quelqu'un, un professionnel. Je veux parler d'un suivi psychologique régulier. Pour qu'il puisse dire ce qu'il ressent dans un espace neutre, où sa parole serait libre.

Magali se surveille pour ne plus hocher la tête. Elle s'attendait à une femme dont le physique serait en accord avec le pouvoir sacré qu'elle lui prête, des traits durs et ingrats qui lui auraient inspiré un respect craintif et immédiat, pas à ces boucles d'oreilles à la gaieté factice, cette complicité artificielle, ces expressions footballistiques pour tromper son monde, ces compliments sur le vocabulaire de son fils, sur sa façon de regarder les gens, pour mieux lui servir la vérité ensuite. Elle est une mauvaise mère, prise en faute comme une petite fille, voilà ce qu'elle est, incapable de se rendre compte toute seule qu'Émilien va mal. Heureusement qu'il y a une étrangère pour le lui apprendre tellement elle est bête.

— Vous devez être très fatiguée, c'est vrai. Avec deux petits, en plus. Vous travaillez, comment vous faites ? Est-ce que vous avez de la famille qui vous aide ? Peut-être que vous auriez besoin de vous reposer un peu ? Est-ce qu'il n'y aurait pas quelqu'un autour de vous pour s'occuper d'eux, les garder quelques jours pendant que vous vous reposez ? Ou des amis chez qui vous pourriez les placer ?

Le mot a dû lui échapper. Le verbe « placer »

provoque en Magali un infime chavirement. L'effroi que lui inspirait ce rendez-vous a infusé en elle toute la journée. Chaque seconde de cet entretien est devenue un supplice. Cette femme resserre ses anneaux avec un semblant de bienveillance et de douceur pour mieux endormir sa vigilance. Magali sent son cœur battre plus largement, prise d'une soudaine envie de s'échapper avec son fils sous le bras. Il faut qu'elle dégage de là. Elle a besoin de prendre l'air, de respirer. On étouffe, ici. Elle regarde innocemment par la fenêtre.

Andrew est en train de traverser la cour.

Elle n'en croit pas ses yeux. Elle le voit avancer comme un zombie, ombre insolite qui longe les toboggans entre chien et loup, les pans inclinés, les passerelles, les filets à grimper et les mâts à glisser. Elle reste interdite, incapable de réconcilier les deux images, ces deux mondes qui ne devraient pas se rencontrer.

— Je vous prie de m'excuser un instant, trouve-t-elle la force de dire.

Elle sort dans le couloir, rejoint la cour de récréation pour intercepter Andrew.

— *Qu'est-ce que vous faites là ?*

— *Je cherche les toilettes.*

— Putain.

Elle lui indique de la suivre, le fait entrer dans le bâtiment pour lui montrer le chemin, puis se ravise soudain, prise d'une intuition, le pousse dans le bureau.

— Je me permets de vous présenter Andrew Calkins. Je ne sais pas si le maître d'Émilien vous a dit que j'étais guide des plages. C'est un vétéran du 6 juin.

La femme se lève, salue avec déférence.

— C'est la première fois qu'il revient en Normandie depuis la guerre. Il faisait partie de la première vague d'assaut. Il appartenait à la 29e Division. Il a libéré Colleville-sur-Mer. C'est là que nous habitons. Un paysan leur avait dit qu'il y avait deux cents Allemands qui tenaient le village, ils ne l'ont pas cru. Ils pensaient qu'ils n'étaient qu'une trentaine.

Elle se lance à partir de ce qu'elle connaît des combats qui se sont déroulés dans son hameau, laisse croire que c'est la 29e qui a libéré Colleville alors que c'est la 1re, certaine que l'autre n'y verra que du feu.

— Vous voyez l'église à Colleville ? Le clocher ? Il y avait un tireur embusqué. Les Américains ont eu beaucoup de mal à prendre la position. Ça se battait entre les tombes du cimetière, dans la nef, partout. Et quand ils y sont parvenus, il fallait encore sécuriser le village. C'est là que ça s'est gâté, parce qu'Andrew et ses camarades ont essuyé les tirs de barrage de la Navy. Le clocher de Colleville, depuis la mer, c'était le poste d'observation rêvé pour l'artillerie allemande, alors la marine a arrosé l'église et tout le village. Une soixantaine d'obus. À la fin de la journée, il y avait plus de morts à cause des tirs amis que des tirs ennemis.

Le discours ronronne, les tiroirs coulissent bien. Cette impression de reprendre le contrôle. Raconter la guerre, elle sait. Elle se tourne tantôt vers la psy, tantôt vers Andrew, se prend pour son interprète alors que le vieillard ne dit pas un mot, ne comprend probablement rien à ce qu'elle raconte, et qu'il n'a pas pris part à cette bataille-là.

— À l'ouest de Colleville, ils se sont retrouvés encerclés. Ils n'avaient plus qu'une centaine de cartouches. Ils étaient sur le point de se rendre quand ils ont trouvé un fossé qui rejoignait la route. Ils ont rampé en file indienne avant de tomber nez à nez avec un nid de mitrailleuses tenu par trois Allemands. Ils ont cru que c'était fini, qu'ils seraient pris en enfilade, et là, une main qui se lève. Un seul des trois soldats était encore en vie. Il n'y a pas eu un mot d'échangé mais ils ont compris. L'Allemand leur accordait le droit de passage contre la vie sauve. Alors les Américains ont défilé devant lui à quatre pattes, un par un, silencieux. Il adressait un clin d'œil à chacun.

Magali se tait. Elle sait que la présence d'Andrew a changé l'atmosphère, que sa chanson de geste a réussi à donner un peu de hauteur à leur misérable entretien. Elle l'entend, comme une comédienne rompue à la scène, à la qualité du silence.

— Quelle histoire ! lâche finalement la psychologue, reconnaissante. Merci. Et merci à vous, Monsieur. Merci. *Thank you, Sir !* Je ne vous retiens pas davantage, de toute façon nous avions presque fini. Pour revenir à notre affaire, vous pouvez essayer le CMP de Bayeux mais je vous préviens, il y a un an d'attente. Si vous avez la possibilité de vous orienter vers le privé, vous trouverez aussi des gens très bien. Je donnerai des coordonnées à M. Lafitte si vous voulez. Et si votre petit souffre du départ de son père, ce qui serait normal, je vous encourage à jouer à cache-cache avec lui. Pour l'aider à apprivoiser l'absence. Pour que l'absence de l'autre puisse devenir une présence intérieure, vous comprenez ? Pour symboliser l'absence de la personne aimée. Bon, je vous épargne mon langage psy, mais on reste en contact, on regarde comment ça évolue, et puis s'il faut faire une réunion de l'équipe éducative, on en fait une, mais laissons-nous un peu de temps. Prenez soin de vous. Au revoir, Madame, au revoir, Monsieur.

— Au revoir, articule Andrew en gagnant la sortie à petits pas.

Dans la voiture, elle rectifie.

— *Désolée, j'ai dit que vous aviez libéré Colleville.*

— *Non, Le Bray.*

— *C'est bien ce qu'il me semblait. Je vous présente mon fils.* Tu dis bonjour, Émilien ?

Elle est vidée tout à coup, épuisée après son numéro pour endormir la psy. Elle devrait s'excuser pour tout à l'heure, devant l'école, elle ne s'en sent pas la force. La nuit est tombée et elle doit se concentrer sur sa conduite parce qu'elle ne sait pas quelle bêtise elle est encore capable de faire. Après une centaine de mètres, elle entend la voix d'Andrew dans l'ombre mouvante de la voiture :

— *La vie n'est pas toujours simple.*

Elle est tellement surprise que ce soit lui qui brise le silence. Magali ne sait pas ce qu'il a compris de son entretien avec la dame, ni des mots qu'elle a employés dans le bocage, puis de ceux qu'elle a criés devant la maternelle. Elle ne sait même plus exactement ce qu'elle a dit, elle était hors d'elle. Elle ne sait pas si elle l'a blessé, mesure seulement le prix de cette phrase. Elle en oublierait presque de répondre alors elle dit juste :

— *C'est vrai, pas toujours.*

Quelque chose s'est apaisé en elle depuis tout à l'heure. Se mettre en colère contre cet homme, même sous un mauvais prétexte, lui a fait du bien. Elle était invisible depuis neuf mois, se laissait marcher dessus, c'est comme si elle avait enfin trouvé quelqu'un à qui parler, un pauvre bougre sur lequel se défouler un peu.

À Bayeux, après être allée chercher Albane chez la nounou, elle dépose Andrew à son hôtel. Elle laisse les enfants dans la voiture pour l'aider à s'enregistrer à la réception, tire sa valise sur les pavés du centre médiéval, désert à cette heure-ci. Elle l'accompagne jusqu'à l'annexe rénovée puis jusqu'à sa chambre, au deuxième, une suite moderne et fonctionnelle, bien éclairée, à la poutraison apparente. Une petite fenêtre encadre soigneusement la flèche de la cathédrale illuminée. Elle couche la valise d'Andrew sur les sangles du repose-bagage, s'assure qu'il a compris qu'il pouvait dîner au Garde-Manger, le restaurant de l'hôtel, lui dit à demain avec un sourire sincère, comme on se met à apprécier davantage celui qui vous a donné du fil à retordre.

Revenue à la voiture, elle se glisse derrière le volant. À l'arrière, les enfants jouent avec le babyphone qu'elle a acheté ce matin. Elle reste quelques secondes immobile sans mettre le contact. Albane frappe sur la boîte du plat de la main, en tambour. Émilien fait semblant de la lui prendre et la rend aussitôt, pour qu'elle puisse encore taper dessus, ivre de joie. Magali ne bouge toujours pas. Elle revoit le rectangle noir de la télévision fixée au mur, le plateau de courtoisie, la machine à expresso, tous les détails insignifiants que son œil a enregistrés, la porte ouverte du mini-coffre-fort au-dessus de la table de nuit, le pouf avec sa jupe en velours, la mise en scène des coussins contre la tête de lit. Et Andrew assis au bord du matelas, le dos voussé, tiré vers la moquette par un poids invisible. Elle rouvre la portière.

— Je reviens.

Elle rebrousse chemin jusqu'à la chambre, remonte l'escalier. Andrew lui ouvre après quelques secondes. Derrière lui, la valise est restée sur le pliant, intacte.

— Ça va ? Je me disais que, peut-être… Peut-être vous préféreriez venir dormir à la maison ?

Elle est revenue comme ça, sans réfléchir, en ne sachant pas bien si c'est pour lui ou pour elle qu'elle lançait l'invitation, pour se racheter, pour ne pas avoir l'impression de l'abandonner encore, ou pour ne pas être seule dans sa cuisine ce soir, mais c'est en la formulant qu'elle prend conscience de sa portée. Elle outrepasse ses fonctions, on ne doit pas raccourcir la distance avec les clients, c'est la porte ouverte à tous les emmerdements, tous les guides le savent, d'ailleurs elle a posé la question en français, c'est un signe, un lâcher-prise inconscient, elle ne devrait pas se laisser attendrir par ce vieux monsieur tout seul loin de chez lui. Heureusement, il ne réagit pas.

— *Laissez tomber*, dit-elle.

Mais elle le voit qui pivote lentement sur ses talons, tire la valise sur les sangles du repose-bagage, la fait basculer par terre, la traîne sur la moquette, s'empare de sa canne posée dans le coin, défile devant elle pour quitter la chambre.

— Vous comprenez le français, en fait.

— Un peu.

Les phares de la voiture blanchissent la végétation, révèlent dans les virages la profondeur des taillis, des enchevêtrements intimes de branches effarées. Il faut du génie pour accomplir ce qu'elle vient de faire, être en retard à la gare, perdre son client dans le bocage, le ramener chez elle. Le téléphone d'Andrew sonne bruyamment au fond de son gilet multipoches.

— *What's up, honey ?*

Elle se focalise sur la route pour ne pas avoir l'air d'écouter, perçoit des éclats de voix à l'autre bout de la ligne.

— *Calm down. There is nothing to be worried about.*

Andrew écarte le téléphone de son oreille, le tend vers Magali.

— *C'est ma fille.*

— *Et ?*

— *Elle voudrait vous parler.*

— *À moi ?*

— *Oui.*

— *Je suis en train de conduire, là.*

Ça ne l'émeut pas davantage, alors elle immobilise le véhicule sur le bas-côté, s'empare du smartphone.

— *Allô ?*

— *Qui est à l'appareil ?*

— *Magali.*

Elle se retourne sur son siège pour faire signe aux enfants de se taire.

— *Je suis Maggie, la fille d'Andrew. Est-ce que mon père va bien ?*

— *Oui, très bien, enfin, je crois.*

— *Qui êtes-vous, Magali ?*

La question la surprend, trop directe, trop vaste.

— *Je suis guide. C'est moi qui l'accompagne. Vous appelez des États-Unis ?*

— *Oui.*

Elle se tourne vers Andrew pour l'observer dans l'ombre. Elle n'y mettrait pas sa main à couper mais elle lui trouve un air satisfait, la mine du type qui vient de jouer un tour. Elle a l'impression qu'il se fout gentiment d'elle au passage, comme s'il lui rendait la monnaie de sa pièce : « Tu m'as gueulé dessus tout à l'heure. Après tu m'as menti. Tu m'as dit que ce serait rapide mais je t'ai attendue longtemps dans la voiture. J'avais envie d'aller aux toilettes, tu m'en as empêché. T'arrivais pas à gérer la dame, tu t'es servie de moi, maintenant c'est à toi de gérer ma fille. »

— *Vous ne saviez pas qu'Andrew était là ?*

— *Non.*

— *Il ne vous a rien dit ?*

— *Si, il m'a prévenue de l'aéroport, quand il attendait l'avion.*

L'Américaine a du mal à masquer l'agacement dans sa voix, comme si la virée d'Andrew était une trahison dont Magali serait la complice. Elle lui parle de médicaments qu'il aurait peut-être oublié d'emporter, de vérification à faire dans sa trousse de toilette.

— *Comment s'écrit votre nom de famille ?*

Magali épelle les lettres.

— *Est-ce que je peux vous demander un numéro pour vous joindre ?*

Andrew récupère le téléphone pour conclure la conversation. Magali redémarre. Il peut bien avoir l'air amusé, elle désapprouve. L'inquiétude de ceux qui restent, elle connaît.

— *Pourquoi vous n'avez pas dit à votre fille que vous veniez ici ?*

— *Je ne voulais pas qu'elle se fasse du souci pour rien.*

Tandis que son œil glisse dans les entrailles des haies, elle imagine Andrew dans sa maison de plain-pied du Connecticut, ses allées et venues entre la cuisine et le salon, le salon et la chambre, la chambre et la cuisine, dans les bruits de la télévision allumée, à attendre l'appel quotidien de sa fille. Elle se demande à quel moment il a compris que sa vie se résumerait désormais à ces micro-déplacements d'une pièce à l'autre, avant l'admission en maison de retraite médicalisée, tandis qu'il apprenait chaque trimestre, par le bulletin de l'association de leur régiment, le décès des soldats de sa division. Elle visualise cet instant où il a ouvert l'ordinateur pour commencer ses recherches sur les sites français, a lancé des requêtes innocentes sur Google, pas à pas, probablement incapable de dire lui-même le moment précis où sa décision était prise, la crainte qu'il a eue de se tromper en tapant les numéros de sa carte bancaire, le frisson qu'il a dû ressentir en prenant son Uber, puis lorsqu'il s'est assis dans l'avion bicouloir qui allait franchir l'Atlantique, la griserie qui a dû le gagner quand il a compris que plus personne ne pourrait le décourager d'entreprendre le voyage. Accaparée par ses efforts pour le refiler à un collègue, elle est passée à côté de l'essentiel. Andrew Calkins est un vieillard en cavale. La mort lui souffle dans la nuque. C'est elle qui lui a donné le courage de prendre ce vol long-courrier. Ils doivent tous l'éprouver un jour ou l'autre, cette urgence-là, après avoir mis tant d'air entre eux et la plage, après avoir tiré un verrou sur la guerre, tenu leur place dans le monde, s'être mariés, avoir fait des enfants, vendu des piscines, des polices d'assurance ou des solutions business, ils doivent tous la ressentir, cette nécessité de revenir sur les lieux de la grande affaire de leur vie, avant qu'il soit trop tard.

En descendant de la voiture, Andrew contemple l'herbe qui a poussé en mèches dans les fissures du mur. Elle l'observe à la dérobée, le voit détailler les croisillons des tirants qui retiennent la façade, tourner sur lui-même pour tout embrasser, tout regarder, lentement : le minibus 9 places garé au fond, près des balançoires, les hortensias gris dans leur demi-tonneau, la cuve noire du barbecue à roulettes, le bâtiment de l'ancienne boulangerie. Il reste figé devant un angle insignifiant du jardin enténébré, en direction de la mer invisible, embusquée au fond de la valleuse.

— *On l'entend bien quand il y a du vent*, confirme Magali depuis le seuil.

Andrew la rejoint et elle a l'impression qu'il a rajeuni, qu'il fait moins pépé que tout à l'heure, que ses hanches ont gagné en souplesse. Il pénètre chez elle et sa présence lui paraît inouïe, cet homme ici, dans sa maison, tout est allé si vite, un soldat de la 29e s'avance dans son entrée. Elle n'a rien prévu, son foyer est une défaite, un désastre, elle se baisse en vitesse pour ramasser ce qui traîne, lui dégager un passage. Elle débarrasse la table du petit déjeuner, rassemble quelques objets sans ordre ni raison, cache la misère comme elle peut, voudrait jeter un voile pudique sur tout ce que ce bordel raconte de sa vie en ce moment, mais Andrew n'a pas l'air de s'en formaliser, se contente simplement de regarder où il met les pieds. Il doit bien se rendre compte que sa maison n'est pas tenue, qu'elle n'occupe plus le terrain. Elle lance Émilien sur le rangement du salon pendant qu'elle déplie le canapé pour faire un lit. Andrew s'assoit sur une chaise et tend la main pour qu'Émilien lui passe le tracteur Playmobil, les bottes de paille en plastique coagulé. Il se fait expliquer le fonctionnement de la benne et le mécanisme d'ouverture de la ridelle sous les yeux d'Albane assise par terre sur sa couche, le dos droit.

— Ça t'intéresse, toi ! s'exclame Magali en souriant. Toi aussi tu voudrais jouer avec eux !

Elle prépare le dîner en vitesse, le même pour tout le monde, facile à mâcher, des blocs de purée de brocoli qu'elle fait décongeler avec le nombre de cuillères d'eau indiqué, des bâtonnets de poisson à la poêle, du fromage et des yaourts, une bouteille de blanc entamée, laisse tout à disposition sur la table pour que chacun se serve. Andrew vient s'asseoir sur le banc, à la place de Darius, alors elle lui en indique une autre.

— *Vous serez mieux ici.*

— C'est la place de papa, explique Émilien à Andrew, qui se décale sans faire d'histoire.

Magali dépose les assiettes fleuries au pinceau, une poignée de couverts au centre de la table, les serviettes en nid d'abeille. Elle retourne chercher Albane dans le salon pour l'asseoir avec eux sur sa chaise haute. De se voir tous les quatre réunis dans la cuisine, cette pièce baignée de lumière au cœur de la maison éteinte, dans le pli de la valleuse assombrie, elle se sent presque bien tout à coup, troublée, elle n'a plus l'habitude. Elle ne pensait plus avoir d'énergie pour accueillir l'imprévu.

— *La maison n'a pas été bombardée*, constate Andrew.

— *Les vitres ont été soufflées et le toit s'est effondré, mais les murs ont tenu. C'est ce qu'on nous a dit quand on l'a achetée.*

Elle émiette un bâtonnet de colin dans la purée d'Albane.

— *Vous avez creusé beaucoup de trous, alors ?*

— *Plus que ça.*

— *Mais vous étiez sûr de l'endroit, tout à l'heure ?*

Elle regrette la question, maladroite. On ne peut pas dire qu'il ait eu l'air égaré, dans le bocage.

— On dort comment, là-dedans ? On se met en boule ?

— Oui, comme un chien. Je pouvais dormir n'importe où de toute façon, contre une porte, un arbre, un poteau, n'importe où.

Il montre un coin de la cuisine à côté de la poubelle, colonisé par les bocaux et les emballages vides.

— À l'époque, j'aurais pu me coucher là, par terre, et m'endormir tout de suite.

Les enfants disent au revoir à Andrew et elle monte les coucher. Elle berce Albane dans ses bras en lui caressant les sourcils, la dépose endormie sur son matelas. Lorsqu'elle embrasse Émilien au moment de quitter la pièce, il est déjà en train de basculer dans le sommeil.

En bas, Andrew a vaguement débarrassé la table, rassemblé les assiettes et les couverts au milieu. Il a rejoint ses quartiers de nuit dans le salon, éteint la lumière. Il doit être anéanti de fatigue. Elle déverse la boîte du babyphone sur la table, déballe les éléments ensachés, feuillette le mode d'emploi, jette un œil à l'écorché de l'appareil. Elle teste la connexion entre les deux unités, maintient le bouton d'allumage enfoncé jusqu'à ce que les voyants du niveau sonore s'illuminent. Elle monte en silence brancher l'unité-enfant dans la chambre, redescend pour dresser la table du petit déjeuner, prendre de l'avance sur la matinée. Elle perçoit du bruit dans l'entrée, derrière la porte de la cuisine. Andrew apparaît dans le cadre, égaré, confus.

— *Ça va ? Vous avez besoin de quelque chose ?*

Il la dévisage, le regard vide.

— *Andrew, vous voulez vous asseoir ? Vous voulez qu'on appelle votre fille ? Elle m'a parlé de médicaments. Vous les avez pris ?*

Des pleurs retentissent dans l'unité-parents posée sur la table. Andrew fixe bêtement le récepteur depuis le seuil de la cuisine.

— *Vous ne bougez pas d'ici, je reviens.*

Elle se faufile entre lui et le chambranle, le laisse en plan pour consoler sa fille à l'étage. Mais Albane s'est déjà rendormie quand Magali s'approche de son lit. Elle redescend aussitôt, craint qu'Andrew ait fait un malaise. En pénétrant dans la cuisine, elle entend le souffle blanc du boîtier électronique, à nouveau entrecoupé de sanglots. Le temps de revenir, Albane s'est à nouveau réveillée.

— *Ça ressemble à ma vie en ce moment*, prévient-elle. *Je monte, je descends, c'est ma deuxième journée qui commence. Ça va aller, Andrew, je suis là, je m'occupe de vous dans une seconde.*

Mais les yeux fixes du vétéran l'arrêtent. Son regard est un trou. Un trou qui voudrait l'attirer pour l'y faire tomber.

— Vous ne me faites pas un AVC ou un

infarctus, Andrew ? C'est pas une bonne idée, ça. Pas aujourd'hui. Asseyez-vous pour commencer. Vous sentez votre bras ? Parlez pour voir.

— *Ça va.*

Magali s'est exprimée en français, nerveuse. Elle ignore si les mots AVC ou infarctus font partie de son vocabulaire, mais il a dû percevoir son inquiétude au ton de sa voix. Il lui adresse un hochement de tête qui la rassure un peu. Elle repasse rapidement à l'étage, se dit qu'elle va traiter un problème à la fois. Albane respire calmement, assoupie comme une bienheureuse. Magali la surveille quelques secondes pour guetter un mouvement réflexe, surprendre le cauchemar qui la ferait sangloter dans son sommeil. Elle jette un œil à Émilien, lui aussi dort comme un sonneur. Alors elle redescend en vitesse pour ne pas laisser Andrew seul trop longtemps, elle a peut-être eu les yeux plus gros que le ventre finalement, ce n'était pas le bon soir pour tenir maison ouverte. À mi-hauteur dans l'escalier, elle s'arrête, en équilibre sur une marche. Elle perçoit des sanglots étouffés dans la cuisine. Pendant une seconde, elle a cru que c'était Andrew qui pleurait tout seul. Mais non. Le bruit provient de l'unité-parents de l'écoute-bébé. D'où elle se trouve, elle devrait aussi entendre les pleurs d'Albane dans la chambre. Ce n'est donc pas elle qui pleure. Magali capte les sanglots d'un autre.

Gagnée par une peur irrationnelle, elle descend les dernières marches. Quel autre ? Quel bébé ? Il y a trois maisons dans le hameau, toutes éloignées. Elle s'efforce de les visiter mentalement une à une. La première doit se trouver à deux cents mètres, elle est inhabitée. Aucun enfant à signaler dans les deux autres. Un petit-fils ou une petite-fille de passage ? Jeanne n'a pas de petits-enfants, et ceux de Georges sont grands. Il y a pourtant des interférences avec un autre appareil. Un engin de la même marque ? C'est l'hypothèse la plus logique avant d'explorer celle des elfes, des hermines ou des fœtus mal tués ! Et cet enfant qui pleure, personne ne le console ? Elle a assez des siens pour se préoccuper de ceux des autres. Mais ce petit doit croire qu'on l'a abandonné, ses cris commencent à ressembler à des hoquets affolés, ça fend le cœur de l'entendre appeler comme ça.

— *L'appareil capte les pleurs d'un autre bébé*, explique-t-elle à Andrew en s'efforçant de sourire pour dédramatiser.

Elle continue de surveiller le vieil homme d'un œil en se dirigeant vers la porte d'entrée. Elle sort un instant dans le jardin pour ausculter la nuit, une main sur le col, espérant déceler l'origine des pleurs à l'oreille. Elle épie les ombres, suspendue à son propre souffle, à l'affût des hallucinations du silence lui-même. Elle entend Andrew qui s'est avancé dans l'entrée.

— *Restez au chaud, prenez pas froid.*

Il a passé son manteau.

— *Qu'est-ce que vous faites ?*

— *Je vais sur la plage.*

N'importe quoi. Elle rentre, referme la porte derrière elle, contourne Andrew pour se rapprocher des pleurs déformés par le haut-parleur. Impuissante, elle a l'idée incongrue d'appuyer sur le bouton TALK que lui a indiqué le vendeur, comme si le signal parasite pouvait être réversible et qu'elle allait rassurer l'enfant au son de sa voix. Elle se penche vers le micro en faisant « chut… chut… ». Elle se voit à l'œuvre, s'interrompt aussitôt, consciente de son ridicule. Elle remonte, vérifie une nouvelle fois qu'Émilien et Albane dorment bien. Dans la pénombre de la chambre, elle s'accroupit pour débrancher l'unité-enfant, avec l'espoir de briser le charme et de rétablir une connexion normale. Elle la rebranche aussitôt, redescend. Dans l'escalier, elle entend que les pleurs se poursuivent dans la cuisine, entêtés, désespérants. On dirait un bruit constant derrière une fenêtre qu'on pourrait ouvrir et refermer à loisir. Comme s'ils existaient de toute éternité et continuaient de se répandre.

— *J'y vais,* prévient Andrew.

Comme un écho fossile de l'explosion de l'univers.

— *Où ça ?*

— *Sur la plage.*

Qu'est-ce qu'il raconte ? Elle a bien envie de le mettre au lit comme les autres, qu'il arrête un peu son cirque, lui aussi. Mais elle comprend qu'il ne lui demande pas son avis, qu'il l'informe simplement. Il part sur la plage. Maintenant. Elle reste debout dans l'entrée, indécise, irritée par ces pleurs ininterrompus, cette chair vivante et criante quelque part, cette voix désincarnée qui fend les ténèbres. Andrew passe devant elle, déverrouille la porte, et elle voit qu'il s'en va pour de bon. Elle en a le souffle coupé, il quitte la maison à son tour, quelque chose d'affreux est en train d'arriver, de se rejouer, qu'elle ne sait pas empêcher. Elle gagne le perron, regarde Andrew se dissoudre dans la nuit, sent monter l'anxiété qui va l'asphyxier en une seconde si elle ne réagit pas. Il a laissé sa canne dans l'entrée. Est-ce qu'on permet à un homme de son âge de se promener tout seul en pleine nuit ? Il va se casser la gueule, c'est sûr. Elle doit faire quelque chose sinon elle va se mettre à suffoquer. Vite, elle se rue dans l'escalier, monte réveiller Émilien, lui enfile à toute vitesse un pull dans l'obscurité de la chambre.

— On va rejoindre Andrew sur la plage.

Le garçon ne comprend pas, encore plongé dans le sommeil. Il se laisse faire, poupée de chiffon entre ses mains. Pressée, elle enroule l'écharpe de portage autour de son buste, glisse Albane à l'intérieur, descend les escaliers en tirant Émilien par la main.

Elle s'élance dans la nuit vivante de la valleuse, Albane contre sa poitrine, Émilien qu'elle doit écarter à intervalles réguliers pour ne pas trébucher, veuve errante jetée sur les routes avec ses enfants en pleine guerre, civils en fuite au cri familier de la hulotte.

Magali avance aussi vite qu'elle peut le long du chemin encaissé, entre la pente du talus et la haie de frênes, à travers les caresses des arbres à cheveux. Les découpures fantasques de la végétation laissent entrevoir la douceur du vallon à gauche, les taurillons charolais couchés dans l'herbe, en contrebas. Ses yeux s'habituent peu à peu à l'obscurité. Au bout du sentier, une silhouette tourne le coin, disparaît. Ce n'était qu'une tache claire, sûrement l'anorak d'Andrew. Si leste pourtant, si vif. Elle presse le pas en remorquant Émilien. L'air fouetté de la mer vient à leur rencontre. Dans le dévalement, la forme réapparaît pour s'évanouir encore, avalée par le virage. Il a pris le chemin de randonnée qui mène à la plage, plus aéré, bordé de genêts et d'ajoncs. Le ciel se révèle enfin, plafond de nuages blêmi par la lune. Magali espère prendre Andrew de vitesse ici, sur la portion du sentier qui court vers l'océan. Elle descend la pente en courant, soulève Émilien par le bras pour l'empêcher de tomber, ignorant ses protestations, mais au tournant, la voie est dégagée. Interdite, elle s'immobilise un instant pour reprendre son souffle. Où est-il encore passé ? Elle repart affolée avec ses enfants agrippés à ses vêtements, longe la roselière du marais, débouche sur la plage immense, couleur de ciment frais, échevelée par les bourrasques. Au loin, le fluide lourd et noir se soulève de toute sa masse. Elle avance à découvert sur la plage dénudée, scrute les vagues étagées au loin, festonnées de mousse blanche, la main enveloppée autour du visage d'Émilien pour le protéger du froid. Là-bas, elle distingue la silhouette pâlie par la lune, de l'eau jusqu'à la taille.

Darius.

Elle reconnaît son fantôme maintenant, c'était lui, sur le chemin. Il marche dans leur direction, vers la plage, dos à la mer, tiré en arrière par la traction des vagues qui veulent le retenir, dont il se libère un peu plus à chaque pas. C'est bien lui, qui s'arrache à la résistance de l'eau à la force des hanches, qui sort du bain noir, blanchi comme une épreuve photographique, remonte une pente imperceptible, c'est lui qu'elle voit s'accroupir puis se jeter par terre de tout son long et se confondre un instant avec les reliefs du sable.

Il se relève dans un effort surhumain, mais ce n'est pas Darius, c'est Andrew, englué par la pesanteur. Le vieil homme se projette en avant et se fond à nouveau avec le sol.

Magali s'affale sur ses genoux, dans le sable, enfouit son visage entre ses mains. Libéré de son étreinte, Émilien la contemple avec inquiétude. Il n'ose pas s'éloigner, écarte les doigts de sa mère pour la regarder au travers.

— Maman ?

Elle ne répond pas, alors il lui caresse le dos des mains, effleure ses cheveux emmêlés.

— Maman ?

Il se tourne vers le rivage.

— Qu'est-ce qu'il fait, maman ?

Elle entrebâille les doigts pour observer. C'est Andrew, elle le sait bien. L'eau est à 14 en ce moment. Elle n'aurait pas dû le laisser faire. Elle ne fait rien comme il faut. Elle n'est plus à la hauteur depuis un moment. Elle inspire et sourit tristement à Émilien. Voyant qu'Andrew reste étendu sur le sable, elle s'apprête à se lever pour aller le chercher, mais elle se demande si cela a encore de l'importance, peut-être est-il venu pour ça, lui aussi, pour mourir ici, sur cette plage imbibée de sang, et soudain elle le voit qui bondit, court comme un dératé pour sauver sa vie, c'est l'impression qu'il donne, parce que la raideur de ses articulations entrave sa course et qu'il trottine tout au plus, vieillard mouillé qui courbe le dos pour offrir le moins de surface possible au *machine gun*, slalome entre les cadavres invisibles, tombe à nouveau, n'en finit pas de tomber. Il s'est écroulé pour de bon cette fois. Il ne bouge plus. Il est foutu. Il va falloir aller le relever. Mais elle aperçoit, hypnotisée, un genou qui monte. Le corps du vieux remue encore, très lentement, ses paumes quittent le sol, son dos s'étire, il se redresse, ses bras se tendent en avant pour retrouver le déséquilibre de la marche. Il repart et elle le fixe avec avidité, subjuguée. Andrew est venu récupérer quelque chose qu'il a laissé à cet endroit, sur cette plage, dans la fureur d'Omaha, peut-être n'a-t-il même pas eu le temps de comprendre ce qu'il avait abandonné derrière lui, mais il est venu retrouver sur la grève l'émotion qu'il n'a pas eu le temps de vivre, voilà pourquoi il a traversé l'océan. On dirait un enfant dans le noir qui viendrait se chercher lui-même. Il chancelle et se récupère, trotte comme un chat maigre, à la vitesse que lui permettent ses muscles atrophiés et ses vieux membres. Ce n'est pas Darius, c'est Andrew. Darius est parti et elle est restée. Darius l'a quittée. Darius les a abandonnés. Darius est mort.

— C'est Andrew, souffle-t-elle à Émilien. C'est sur cette plage qu'il s'est battu, tu sais, il y a longtemps.

Si Darius est mort, leur histoire est finie. Si Darius est parti de son plein gré, leur histoire est finie. Que ce soit de sa faute ou pas, leur histoire est finie. Elle en a le souffle coupé, un lien silencieux vient de se dénouer, leur histoire restera inachevée. Cet inachèvement *est* leur histoire.

— Je voulais te dire quelque chose, murmure-t-elle à l'intention d'Émilien. Papa ne reviendra peut-être pas. On ne sait pas ce qui s'est passé. Il est peut-être mort, on ne sait pas, on ne le saura peut-être jamais. Mais tu sais qu'il t'aime. Tu sais qu'il t'adore. Son amour ne s'arrêtera jamais. Il aurait voulu rester avec nous, j'en suis sûre.

Et elle, elle va rester. Elle s'occupera de lui et d'Albane, elle sera toujours là avec eux. Elle le lui dit. Albane, réveillée dans l'écharpe, a les yeux grands ouverts dans le noir. Elle écoute, elle aussi.

Andrew avance dans leur direction, frigorifié, les mains refermées sur un fusil invisible, défiguré par la concentration. Alors elle va à sa rencontre, se jette sur lui pour le réchauffer, le serre contre son corps et celui d'Albane, englobe Émilien dans ses longs bras. Ils forment une masse compacte dans la nuit où se mêlent leurs quatre souffles, l'odeur organique de la mer et de la sueur. Le rythme de la respiration d'Andrew s'apaise. Là-bas, le hasard des vagues donne l'impression que l'océan s'est tu une seconde, avant de rouler à nouveau sa note grave et profonde, son chuchotement d'os broyés.

— *Magali ?*

Elle frémit en entendant son prénom prononcé pour la première fois dans sa bouche.

— *Où est le cimetière ?*

Elle désigne le sommet de la dune grise, la silhouette sombre des pins maritimes aux couronnes aplaties qui détonnent ici, en surplomb de la végétation basse, les pentes de seigle de mer, les fougères et les chardons. Andrew se lève, se traîne le long de la plage dans la direction indiquée. Elle le suit avec les enfants, l'appelle sans force. Il est trempé, pané de sable, ils devraient rentrer avant qu'il attrape la mort, mais elle sait que c'est inutile, qu'il ne se rangera pas à ses conseils de bon sens, on n'en est plus là, elle n'a rien de mieux à faire que de l'accompagner. Il existe un accès depuis la plage, dissimulé dans les broussailles, elle le connaît et le lui indique. De ce côté-ci, le cimetière n'est pas fermé. Elle doute que les gardiens fassent des rondes en automne, mais si le surintendant donne l'alerte et qu'on les intercepte tous les quatre, une guide, un vieillard et deux enfants, les explications seront compliquées. Ils gravissent la sente qui s'éboule sous leurs pieds. Elle maintient Andrew en équilibre en lui serrant le bras, obligée de planter ses doigts dans le sable pour ne pas déraper, alourdie par le poids d'Albane. Ils effacent les épaules à travers la végétation, passent en se protégeant le visage. Devant eux, Émilien grimpe le long du raidillon, ouvre la voie.

Ils atteignent la clôture basse du cimetière, l'enjambent et se retrouvent sur le sol goudronné du chemin de ceinture. Le champ étourdissant de croix blanches se profile sous les branches des pins. Magali ne voit pas le visage d'Andrew devant elle, capte simplement le mouvement réflexe de son bras vers le tronc le plus proche pour trouver un appui de fortune. Il s'avance à découvert entre les stèles de marbre blanc dupliquées à l'infini par un œil malade. Elle le suit dans l'herbe en tenant Émilien par la main, écrasée par l'autorité de la mort elle aussi, le vertige géométrique des croix qui disparaissent les unes derrière les autres, la perspective qui les fait réapparaître et s'évanouir sans cesse. Elle voit Andrew approcher son visage des marbres pour se repérer. Elle comprend qu'il a préparé sa venue ici, qu'il a mémorisé l'agencement des plots et des rangées, elle le sait maintenant, tout son voyage était tendu vers ce but. Il chaloupe entre les tombes, de plus en plus attentif aux numéros au pied des croix, s'arrête enfin devant l'une d'elles, tombe à genoux. À la vue de son menton qui s'est mis à trembloter, Magali retient Émilien pour laisser Andrew tranquille. Le vieil homme plonge les mains dans ses poches, extrait des poignées de sable mouillé qu'il a dû ramasser sur la plage, les aplatit grossièrement sur la croix, essaie de combler les rainures des lettres gravées dans le marbre. Il essuie la surface avec le plat de sa manche pour retirer le surplus. Le nom de LEE J. GARNETT apparaît en lettres dorées, alors il sanglote pour de bon, la poitrine soulevée de hoquets. Fatigué de rester immobile, Émilien échappe à la vigilance de sa mère et se rapproche. Andrew lui attrape la main et ils restent quelques instants côte à côte, le vieillard et l'enfant, offrant à Magali le spectacle inattendu de leurs deux silhouettes asymétriques, de leurs peines indicibles, l'un devant la tombe de son camarade perdu, l'autre devant celle, imaginaire, de son père disparu.

Au réveil, le lendemain, les muscles à froid, elle descend un à un les carreaux de plâtre à la cave, les cornières d'angle métalliques, les cylindres d'isolant. Magali doit débarrasser le chantier pendant qu'elle en a la force. Comme ces travaux, leur histoire restera inachevée. Cet inachèvement *sera* leur histoire. Elle rassemble les mèches dans le boîtier de la perceuse, range le maillet et le ciseau au fond de la boîte à outils, attrape le niveau à bulle et le pistolet à joint, descend tout le matériel au sous-sol. Il faudrait pouvoir inviter sa mère seule à la maison, sans son père, se demande si c'est possible, comment se débrouiller pour formuler cette proposition. Elle trouvera.

Magali enfile le jean brut qu'elle aime bien, le pull vert amande qui a dû être dessiné pour elle, relève ses cheveux sur la nuque, se regarde dans la glace pour voir à quoi elle ressemble. Le reflet lui renvoie toujours l'image de sa culpabilité. Elle scrute dans le miroir sa vilaine peau de mortelle, cherche à savoir à quel point elle est marquée par le coup de pelle qu'elle s'est pris dans la figure il y a neuf mois, si elle a prématurément vieilli, le degré d'illusion auquel elle peut encore prétendre.

Après avoir déposé Émilien et Albane, elle accompagne Andrew à la gare. Ce matin, il l'a prévenue qu'il ne comptait pas rester davantage, qu'il rentrait chez lui.

— *Maggie sera contente de me revoir.*

Sur le quai, dans le silence qui précède le départ, quand l'autre est encore présent mais plus tout à fait, elle lui demande quand même :

— *Pourquoi avez-vous attendu tout ce temps pour revenir ? Pourquoi maintenant ?*

Elle le voit qui cherche à toute vitesse un moyen de s'en sortir. Magali regrette presque de l'avoir embarrassé avec sa question.

— *Pour vous empêcher de vous perdre dans le bocage.*

Elle fait semblant de se vexer et de lui taper l'épaule. Sa main glisse dans la sienne alors elle la conserve, brusque et directe, caresse du pouce sa peau tavelée de petit vieux, en dessine les articulations, les collines et les valleuses, les reliefs abîmés et vivants. Au son du train qui arrive, ils s'étreignent rapidement, avec une affection chargée de tout ce qu'ils ne se sont pas dit, l'impression d'être allés à l'essentiel, très vite, comme seuls les inconnus peuvent le faire.

Elle se gare sur le parking et pénètre dans l'hyper. Elle traverse la galerie marchande en longeant la ligne de caisse interminable, ignore les prix sacrifiés de l'opération anniversaire, le cœur battant, complexée à nouveau comme une adolescente qui n'aurait pas encore trouvé sa propre façon de marcher. Des yeux, elle cherche le vendeur de la veille, celui au crâne rasé et à la barbe laineuse. Il est ici dans son rayon et c'est déjà miraculeux, cet homme qui reste à son poste. Toujours aussi tatoué qu'un barista de voiture 14, il la regarde avec un sourire étonné, un peu confus, qui encourage Magali. Elle lui tend la boîte du babyphone.

— Vous me le rendez ? Vous êtes sans pitié, vous.

Son pote de service n'est pas là pour lui donner la réplique. Il n'a personne à bâcher pour faire le malin. Alors elle lui explique que l'appareil capte d'autres pleurs que ceux de ses enfants.

— C'est une blague ?

— Je vous jure.

— Comment vous allez les entendre, maintenant ?

— Je les mettrai dans mon lit.

Un sourire un peu désemparé lui fend la barbe.

— Vous avez retrouvé votre voix en tout cas.

Elle voudrait s'asseoir sur ses genoux, grimper sur ses épaules en criant, qu'il la soulève, la porte sur son dos.

— Ça m'a fait plaisir de moyennement vous connaître, il dit. Vous revenez demain pour m'acheter autre chose ? Et puis vous me le rapportez après-demain, comme ça on fait tourner le stock.

Et plus rien n'a d'importance que cela maintenant : se tenir dans la lumière blafarde du magasin, au bord du rire avec cet homme, les yeux dans les yeux, parce qu'elle est venue avec sa petite envie de vivre, et qu'il a remarqué, pour sa voix.

— *Je me souviens de mon réveil, le 7 juin*, a ajouté Andrew quand le train arrivait à quai. *Nous étions déjà à l'intérieur des terres, parce que les camarades avaient réussi à prendre les sorties de plage, la veille. Une drôle de journée le 7 juin, on n'en parle jamais du 7 juin. Je me suis réveillé dans un trou, j'étais gelé, j'étais sale. J'étais vivant.*

REMERCIEMENTS

Merci infiniment à Juliette, Simon, Viviane, Mathilde, Myriam, Olivier, Heidi, Agnès, Marie, Nathalie, Jean-Marc, Bob, Alain, Sabrina, Claudine, Raphaëlle, Pascale, Grégoire, Christine, David, Hugues, Émilie, Valérie, Magali, Rodolphe, Dimitri, Pierre, Virginie, Jean-Bohémond, Benoît, Marion, Charlotte, Yannick, Laurence, Pierre-Alain, Benjamin, Rhonda, Géraldine, Sophie, Françoise, Marc, Augustin, Léa, Jean-François, Maxence, Christine et Bruno de m'avoir si gentiment guidé et éclairé le long du chemin.

Cet ouvrage a été achevé d'imprimer
par CPI Firmin-Didot au Mesnil-sur-l'Estrée
pour le compte des éditions Grasset
en juin 2022.

Composition et mise en pages
Nord Compo à Villeneuve-d'Ascq

PAPIER À BASE DE
FIBRES CERTIFIÉES

Grasset s'engage pour
l'environnement en réduisant
l'empreinte carbone de ses livres.
Celle de cet exemplaire est de :
650 g éq. CO_2
Rendez-vous sur
www.grasset-durable.fr

N° d'édition : 22504 – N° d'impression : 170454
Dépôt légal : août 2022
Imprimé en France